Buch

Paul Bowles, Autor weltberühmter Romane wie *Himmel über der Wüste* oder *Das Haus der Spinne*, ist auch ein Meister der Kurzgeschichte.

New York – Tanger enthält sieben späte Erzählungen des Autors: kleine Meisterwerke über Menschen in Ausnahmesituationen, über Gestalten am Rande der Gesellschaft und des Seins. *New York – Tanger*, das sind sieben seltsam beunruhigende und doch faszinierende Miniaturen über die Abgründe der Seele und der Existenz. Da ist beispielsweise Julian Vreden, der eines Tages seine Eltern ermordet – weil sie seine Liebe zur Poesie nicht verstehen wollten. Da ist Hugh Harper, der eine makabre Leidenschaft für Blut hat. Oder da ist der verschrobene Sir Nigel mit seinem exaltierten Faible für marokkanische Mädchen.

Mit nüchterner Kälte und Präzision geschrieben und in einer bestechenden Lakonie und Ökonomie erzählt, sind diese Stories subtil-schaurige Reisen «ins innere Ausland der Seele» *(Stern)*.

«Paul Bowles' Gespür für die Abgründe der Existenz ist feiner als das jedes anderen amerikanischen Autors seit Poe. Was seine Werke so beunruhigend macht, ist die erbarmungslose Klarheit und Unerbittlichkeit, mit der er den Schwächen und der Grausamkeit des Menschen direkt ins Gesicht blickt. Bowles' sensible Schreibweise ist in ihrer Zurückhaltung klassisch; seine Prosa scharfkantig und blendend wie eine Wüstenlandschaft im grellen Mittagslicht.» (Jay McInerney)

Autor

Paul Bowles wurde 1910 in New York geboren und studierte in Berlin, Paris und an der Universität von Virginia Musik. Bereits 1929 begann er erste literarische Texte zu veröffentlichen. Nach ausgedehnten Aufenthalten in Nordafrika, auf Ceylon und in Südamerika lebt Bowles seit vielen Jahren in Tanger, Marokko.

Bowles gilt heute schon als Klassiker der modernen amerikanischen Literatur. Sein Roman *Himmel über der Wüste* wurde von Bernardo Bertolucci mit Debra Winger und John Malkovich in den Hauptrollen verfilmt.

Paul Bowles

New York – Tanger

Erzählungen

Aus dem Amerikanischen
von Pociao

Goldmann Verlag

Deutsche Erstveröffentlichung

Die amerikanische Originalausgabe erschien 1988
unter dem Titel «Unwelcome Words. Seven Stories»
bei Tombouctou Books, Bolinas, California

Der Goldmann Verlag
ist ein Unternehmen der Verlagsgruppe Bertelsmann

Made in Germany · 6/91 · 1. Auflage

Umschlaggestaltung: Design Team München
Satz: Filmsatz Schröter GmbH, München
Druck: Elsnerdruck, Berlin
Verlagsnummer: 9306
G. R. · Herstellung: Sebastian Strohmaier
ISBN 3-442-09306-6

Inhalt

Julian Vreden

Vor ungefähr vierzig Jahren berichteten die New Yorker Zeitungen von einer erschütternden, jedoch nicht ungewöhnlichen Familientragödie. Ein Mann in mittleren Jahren und seine Frau verbrachten einen ruhigen Silvesterabend zu Hause und begingen anschließend gemeinsam Selbstmord. Man fand sie nebeneinander liegend auf dem Fußboden ihres Wohnzimmers, zwei leere Champagnergläser in Reichweite. Die teilweise geleerte Champagnerflasche stand in der Küchenspüle, neben einer kleinen Menge Zyanid, das sie im Verlauf ihres feierlichen Rituals im Wein aufgelöst hatten. Einen Abschiedsbrief hinterließen sie nicht.

Beide Vredens waren für den Erziehungsausschuß von New York tätig gewesen. Sie hatten einen Sohn, Julian, noch keine zwanzig, der von der Columbia abgegangen war und nun ein College in Florida besuchte. Die Polizei muß von Anfang an einen Verdacht gehabt haben, aber sie ließ sich Zeit. Der junge Vreden kassierte die Lebensversicherung seines Vaters und war unvorsichtig genug, anschließend mit seinem Freund Mark aus Miami im Verkaufsraum einer Firma auf der Park Avenue zu erscheinen, die sich auf importierte Wagen spezialisiert hatte. Dort leistete er eine Anzahlung auf einen besonders schnittigen Aston-Martin. Die beiden jungen Männer waren mittlerweile in das Appartement übergesiedelt, das zuvor den älteren Vredens gehört hatte; beide hatten das College abgebrochen und schienen nicht zu beabsichtigen, ihre Ausbildung fortzusetzen. Eines Tages erschien die Polizei und veranlaßte Julian ohne Probleme zu dem Geständnis, seinen Eltern die tödlichen Champagnercocktails verabreicht zu haben. Julian erklärte den Beamten sogar, daß er seine Tat für durchaus gerechtfertigt halte. Seine Geschichte, die von Verwandten und Nachbarn (alle ohne jedes Mitgefühl ihm gegenüber) bestätigt wurde, handelte von jahrelangen, ununterbrochenen elterlichen Schikanen. Statt sich zu freuen, daß ihr Sohn seine ganze Zeit mit Lesen verbrachte, machten sie kein Hehl aus ihrer Verachtung für seine literarischen Interessen. Der Grund: Julian las *Gedichte*. Das war unverzeihlich. Die Mutter hatte die Angewohnheit, den Kopf in sein Zimmer zu stecken und auszurufen: «Schau ihn dir an, diesen Waschlappen – Poesie!» Und sein Vater musterte ihn mit unverhohlenem Abscheu und seufzte: «Was haben wir da bloß für ein Muttersöhnchen großgezogen!» Diese ewigen Attacken, jahrein, jahraus, hatten keine andere Wirkung auf den Jungen, als ihn zu veranlassen, die Anzahl der Gedichtbände in seinem Zimmer voller Trotz zu erweitern.

Der Wechsel von der Columbia auf das College in Florida war für alle Beteiligten die beste Lösung. Die physische Distanz zwischen den Parteien muß dazu beigetragen haben, das chronisch schlechte Verhältnis ein wenig zu verbessern, anders jedenfalls läßt sich der überraschende Anruf am Silvesterabend und der anschließende Besuch nicht erklären. Vielleicht glaubten sie, er habe sich verändert, und ließen sich von der Aussicht auf einen möglichen Waffenstillstand erweichen.

Julian betrat die Wohnung seiner Eltern zunächst allein; Freund Mark wartete draußen im Hausflur, daß Julian ihm die Tür aufmachte. Julian hatte eine Flasche Piper Heidsieck dabei, die er in der Küche öffnete und mit seinen Eltern leerte, wobei sie die üblichen guten Wünsche für Glück und Gesundheit im kommenden Jahr austauschten. Dann ging er mit ihren leeren Gläsern wieder in die Küche und schenkte nach, dieses Mal jedoch rührte er das Zyanid hinein. Als sie taumelten und schließlich auf dem Fußboden zusammenbrachen, entriegelte er die Hintertür und führte Mark in die Küche. In diesem Augenblick sah der alte Vreden auf, entdeckte das unbekannte grinsende Gesicht hinter seinem Sohn und stieß die einzigen Worte hervor, an die Julian sich später erinnern konnte: «O Gott, wer ist das?»

Als beide Opfer tot waren, schoben Julian und Mark ihre Leichen näher aneinander, wischten die Gläser aus und stellten sie auf den Läufer in der Nähe, spülten das dritte Glas, stellten es weg und stahlen sich in der Stille des Silvesterabends aus der Wohnung. Noch in derselben Nacht flogen sie nach Miami zurück.

Der Fall erweckte kaum Aufmerksamkeit: zu viel Zeit war zwischen dem Doppelmord und der Anklage verstrichen. Julian und Mark wurden zu lebenslänglicher Haft in einer Anstalt für kriminelle Geistesgestörte in New Jersey verurteilt. Kriminell? Ja. Geistesgestört? Unwahrscheinlich. Der Wunsch, sich für Ungerechtigkeiten zu rächen, die man erleiden mußte, kann wohl kaum als Zeichen von Irrsinn angesehen werden. Julian Vredens Geschichte ist ein klassischer und typisch amerikanischer Fall von Vergeltung.

New York 1965

Eine überragende leistung von Kathleen Andrews sie hat es geschafft eine sprache zu finden die imstande ist höchsten lyrischen ansprüchen zu genügen die gedichte ragen über alles bisher dagewesene hinaus was für blödsinnige kritiken die leute schreiben du weißt ihre mutter hat einen gewissen einfluß außerdem ist sie ziemlich reich also wäre ich nicht überrascht wenn da mauschelei im spiel wäre verleger und kritiker sind schließlich auch menschen nein ich fürchte ich bleibe bei meiner meinung ich habe ihre gedichte gelesen immerhin waren wir auf der Sarah Lawrence in derselben klasse verstehst du ich kannte sie gut und außerdem ist sie nicht jemand den man schnell vergißt sie konnte schon damals keine gedichte schreiben und veröffentlichte sie trotzdem überall jede menge leute waren beeindruckt wahrscheinlich hatte sie talent aber was für eine verschwendung vielleicht ist sie das klassische beispiel einer person die systematisch ihr leben ruiniert die reine selbstzerstörung schon im college sie gab sich immer unheimliche mühe sachen zu sagen die kein mensch akzeptieren konnte sie erklärte ich bin dafür der welt eine schocktherapie zu verpassen genau das braucht sie die leute wollen geschockt werden mehr als alles andere ja kann schon sein Kathleen sagte ich zu ihr aber merkst du nicht jedesmal wenn du sie schockierst gehen sie ein bißchen mehr auf distanz zu dir merkst du nicht daß sie am ende nichts ernst nehmen von dem was du sagst du bist für sie eine art freak hast du darüber schon mal nachgedacht ich stritt mit ihr bettelte beinahe so wie man es eben tut wenn man sieht daß eine freundin alles falsch macht ich nahm sie ernst ich dachte ich könnte ihr helfen aber ihre einzige reaktion war oh wenn sie mich für einen freak halten dann bin ich eben ein freak was spielt das schon für eine rolle nun ja diese kindische einstellung ging damals in ordnung schätze ich aber später war sie nicht mehr so lustig auf alle fälle hatte sie soweit ich sehen konnte kein interesse an männern sie war viel zu beschäftigt mit sich selbst sie sagte zwar sie wolle wissen wie es wäre ein kind zu haben dächte aber im traum nicht daran zu heiraten ich sagte ihr sie solle lieber noch mal darüber nachdenken ehe sie etwas dermaßen hirnrissiges tat im ersten jahr nach dem examen war sie schwanger aber sie sagte mir nichts ich war ungefähr die einzige von ihren alten freundinnen die sich weiter mit ihr traf aber als sie wußte daß sie schwanger war zog sie sich einfach von allem zurück anscheinend fing sie an lange gespräche mit dem baby zu führen sie hatte diese komische idee daß sie es beeinflussen könnte indem sie die ganze zeit mit ihm redete Kathleen sagte ich zu ihr komm zurück in die realität so kann es nicht weitergehen du mußt endlich erwachsen werden ein baby ist keine idee oder ein gedicht es ist wirklichkeit und du mußt dich darum kümmern oh das geht schon in ordnung sagte sie ich habe meine wertpapiere das müßte reichen das meine ich nicht sagte ich du wirst mutter sein eine mutter aus fleisch und blut weißt du überhaupt was das heißt was es für konsequenzen hat oh ich werde schon rauskriegen was es heißt wenn es soweit ist und ich dachte da bin ich nicht so sicher und das arme kind aber sie war ein dickkopf und hielt daran fest auf biegen und brechen sie hörte einfach nicht zu setzte nur ihr überhebliches lächeln auf und sagte ich lebe mein leben wie ich will und niemand redet mir rein ja sagte ich aber nicht das leben deines kindes das ist etwas anderes denk noch einmal drüber nach und komm um gottes willen zur vernunft das ist kein spiel Kathleen hörst du sie schämte sich daß sie schwanger war sie wollte nicht daß irgend jemand sie sah sie ging überhaupt nicht mehr aus sie versteckte sich einfach in ihrem kleinen appartement im village monat für monat alle zwei wochen oder so ging ich vorbei um sie zu besuchen denn wir waren wirklich gute freundinnen praktisch alle anderen hatten die nase voll von ihrem blödsinn aber ich schätze ich hatte diese vorstellung ich könnte an ihren gesunden menschenverstand appellieren man glaubt immer man könnte helfen selbst wenn man es besser wissen müßte es wäre zum heulen wenn es nicht so komisch gewesen wäre ich erinnere mich in diesem winter gab es einen schneesturm und ich ging den ganzen weg zu fuß vom Gramercy Park bis zur Bank Street so daß ich halb erfroren bei ihr ankam und meine schuhe waren vollkommen naß bei Little Missy waren alle lichter aus sie lag im bett eine brennende kerze auf dem nachttisch und ein buch in der hand sie sprang auf und machte licht sie war schon im achten monat ich saß am kamin und wärmte mir die füße während sie tee kochte nun ja sie schien vollkommen normal aber dann legte sie sich plötzlich wieder hin und sagte entschuldige es dauert nur eine minute ich lese Alarich gerade die analekten von Konfuzius vor ist der name nicht perfekt ist er nicht genau das was man von ihr erwartet seit fünfzehnhundert jahren heißt niemand mehr Alarich oh das gefällt mir und dann meine liebe fing sie an laut zu lesen und sah an sich herab der meister hat das gesagt und der meister hat jenes gesagt also es war grotesk mir lief ein schauer über den rücken aber ich konnte sie ja nicht unterbrechen ihre stimme klang so düster also saß ich einfach nur am feuer und spielte mit den zehen nach einer weile klappte sie das buch zu und sagte mit normaler stimme weißt du solange er noch bei mir ist will ich ihm so nahe wie möglich sein denn wenn er erst auf der welt ist kann ich nichts mehr machen sie sagte das alles in einem so vernünftigen ton daß ich plötzlich wütend wurde Kathleen sagte ich du solltest mittlerweile wissen daß du mich nicht mehr schockieren kannst ich bin immun was willst du eigentlich beweisen doch sie riß nur die augen auf und sagte ich weiß nicht was du meinst nun sagte ich erstens wieso bist du so sicher daß es ein junge wird oh natürlich ist es ein junge jedenfalls habe ich beschlossen ihm zuerst eine gute pränatale erziehung zu geben damit er nach der geburt nicht so vielen negativen einflüssen ausgesetzt ist das ist das wichtigste bei kindern aber die meisten mütter fühlen sich ihren kindern erst wirklich nahe wenn sie sie sehen können menschliche dummheit wie immer und sie fing an mir zu erzählen was mit den anderen alles nicht stimmte paß auf sagte ich ich nehme an du würdest nicht auf die idee kommen daß du genausogut diesem tisch vorlesen könntest du weißt verdammt gut daß es noch nicht hören kann ganz zu schweigen von verstehen was du sagst warum mußt du unbedingt irgendwelche spielchen mit dir selbst spielen warum kannst du dich nicht einfach entspannen und eine zeitlang normal sein oh sagte sie natürlich versteht er wie könnte es anders sein wir sind eins ich weiß wenn er erst einmal geboren ist wird er überhaupt nichts verstehen schließlich schwebe ich nicht auf wolken deshalb muß ich meine ganze zeit mit ihm verbringen verstehst du denn wenn er mich erst verlassen hat muß er allein zurechtkommen und ich kann nichts mehr für ihn tun ich muß ein merkwürdiges gesicht gemacht haben denn plötzlich richtete sie sich auf und sagte tut mir leid daß du so starr denkst ich weiß die meisten leute halten es für ihre pflicht anderen ihre ideen aufzudrängen aber dich hätte ich für toleranter gehalten und sie sah mich an als wäre ich eine große enttäuschung für sie nun Kathleen ich kann nur wünschen daß das kind gesund ist und habe das gefühl wenn du dich eine weile mit ihm beschäftigt hast wirst du die dinge anders sehen und wir redeten noch eine weile und ich erzählte ihr daß Jack und ich nach Rio führen und ich sie besuchen würde wenn ich zurück sei und sie solle sich keine sorgen machen sorgen machen sagte sie worüber sollte ich mir sorgen machen ich bin glücklich also ging ich hinaus in den schneesturm und nahm ein taxi nach hause ich dachte es wäre viel besser wenn ich nicht gegangen wäre mein gott schwebe nicht auf wolken und dann dachte ich ich gehe nicht mehr hin wenn ich zurückkomme es hat keinen sinn aber wie heißt es so schön aus neugier ist schon so mancher umgekommen und im nächsten sommer besuchte ich sie doch das baby muß ungefähr fünf monate alt gewesen sein vollkommen gesund soweit ich sehen konnte obwohl mir auffiel daß es nicht einmal lächelte was mich stutzig machte war ihre gleichgültige haltung ihm gegenüber als sie es mir zeigte hier ist das kleine ungeheuer sagte sie und dachte jetzt geht es schon wieder los aber diesmal reagiere ich nicht drauf er ist süß sagte ich stillst du ihn ja sagte sie aber wenn er entwöhnt ist bringe ich ihn zu meiner mutter nach Lake Forest sie wird eine gute kinderfrau für ihn finden dann sagte sie daß sie ihn niemals zurechtweisen oder bestrafen wolle denn das würde ihre beziehung zerstören und es sei so wichtig für ihn vertrauen zu ihr zu haben und so ging es weiter die ganze sache wurde von minute zu minute verrückter ich hätte es längst merken müssen aber irgendwie glaubte ich das baby hätte sie vielleicht verändert natürlich lag ich total daneben baby hin baby her so ist es nun mal dachte ich na ja besser er hat wenigstens eine gute kinderfrau als Kathleen auf gedeih und verderb ausgeliefert zu sein als ich das alles sah war ich plötzlich ganz froh daß Jack und ich keine kinder hatten also fuhr sie zu ihrer mutter aber das unglaublichste von allem kam erst ein paar jahre später mittlerweile hatte ich mehr oder weniger aufgehört an sie zu denken fragte mich nur hin und wieder was wohl aus ihr geworden war nun ja eines schönen tages bekam ich einen brief von Kathleen über und über mit marokkanischen briefmarken beklebt sie hatte ihre mutter verlassen und war mit Alarich nach Europa gegangen ihre mutter hatte den flug bezahlt wahrscheinlich um sie loszuwerden sie hatte überall gelebt und war schließlich in Tanger gelandet und da sie Kathleen war natürlich im einheimischenviertel und Alarich lernte über das leben indem er mit gleichaltrigen marokkanischen jungen aus der nachbarschaft spielte und sie fand das wunderbar und wollte für immer dableiben und hoffte daß ich eines tages nach tanger käme das alles klang verdächtig nach einer fortsetzung des alten musters jedenfalls ein jahr oder so später als Jack und ich in Europa waren beschloß ich ein wochenende nach Tanger zu fliegen und nach Kathleen zu sehen ich war neugierig wie eine Amerikanerin allein im einheimischenviertel zurechtkam nun ja Jack hatte keine lust mitzukommen also blieb er in London und ich flog nach Marokko du kannst dir nicht vorstellen die ganze sache war einfach unglaublich zuerst brauchte ich stunden um ihr haus zu finden am ende mußte ich ins hotel zurück und einen guide holen und wir liefen durch die dunklen gassen dann kamen wir zu einer tür die sperrangelweit offen stand ich sagte dem guide er solle draußen warten ich hätte nie allein zum hotel zurückgefunden nun ja sie war da trug eins von diesen exotischen einheimischen gewändern es gab keine möbel in der wohnung nur matten und kissen und einen großen tisch in der mitte des zimmers und jetzt kommt der clou auf dem tisch lag ein riesiger haufen ein ganzer berg marihuana ich hatte es von der straße aus gesehen bevor ich hineinging ohne zu wissen was es war Kathleen sagte ich dieses zeug ist verboten das weißt du wie kannst du es einfach so hier rumliegen lassen jeder der vorbeikommt kann es sehen mein guide muß es gesehen haben ich hatte ein verdammt mulmiges gefühl als ich da saß kannst du nicht bitte wenigstens die tür zumachen sie zuckte die achseln und schloß sie ich fragte nach Alarich ich wollte sehen wie er sich entwickelt hatte sie sah woanders hin oh er ist draußen er hat eine menge freunde ich mußte an die schrecklichen kinder denken die ich gerade auf der straße gesehen hatte jedesmal wenn wir einer schar davon begegneten hatte der guide gesagt achten sie auf ihre handtasche madame wie schön er hat freunde und du wie gehts dir ich dachte wie kann sie nur so leben es stank wie in einem saustall und sie fing an auf und ab zu gehen und wirkte ziemlich abwesend und einmal stand sie da und starrte auf den tisch hinab das zeug gehört nicht mir sagte sie es gehört Todd Todd wohnt bei mir er ist nur eben einkaufen gegangen er kommt gleich wieder ah ich verstehe sagte ich und kurz darauf kam Todd rein zwei meter groß und rabenschwarz das war interessant dachte ich es zeigte eine neue seite von Kathleen keine besonders originelle zugegeben aber doch eine etwas andere als vorher jedenfalls saß ich da und versuchte mich mit den beiden zu unterhalten und plötzlich hörte man den entsetzlichen gurgelnden schrei eines tieres im zimmer nebenan er hallte wider mein Gott was ist das fragte ich sie war ganz sachlich das ist unser hammel wir haben ihn schon über einen monat und mästen ihn für das fest nächste woche Alarich ist ganz verrückt danach er lebt für diesen hammel es ist schwer ihn von ihm wegzukriegen aber im haus sagte ich wie hältst du das aus nun ja irgendwann kam der junge mit einer ganzen bande von anderen kindern und alle plapperten durcheinander wahrscheinlich in arabisch aber wenigstens sah er gesund aus unter dem schmutz er war genauso dreckig wie die anderen und war seit einem jahr nicht mehr beim friseur gewesen unglaublich sie stürmten herein und ins zimmer nebenan wo der hammel angebunden war und er fing wieder mit seinem schrecklichen geblöke an ich beschloß den augenblick zu nutzen und zu verschwinden ich sagte ich müsse gehen weil mein guide wartete aber ich würde morgen wiederkommen Kathleen sah mich an als ginge die welt unter aber du bist doch gerade erst gekommen sagte sie immer wieder dann liefen die kinder wieder hinaus bis auf Alarich der auf Todds schoß kletterte und anfing ihn zu umarmen dieses kind hungerte nach zuneigung ich sagte zu ihm Alarich es ist schön daß du den hammel hast er kann dein freund sein und dir überallhin folgen und der junge sah mir in die augen und sagte oh nein nächsten dienstag schlitzen wir ihm die kehle auf ich dachte er hätte sich das ausgedacht aber Kathleen sagte ja dienstag ist das opferfest als ich ging sagte sie daß sie jede menge gedichte geschrieben hätte und ich dachte das glaube ich und was für ein segen daß ich sie nicht lesen muß und ich sagte wiedersehen bis morgen dann und ich hatte wirklich vor hinzugehen und zu versuchen allein mit ihr zu reden aber alles war so jämmerlich und schmutzig und sie war so kindisch es war wirklich deprimierend ich brachte es nicht fertig noch einmal nach der gasse zu suchen am nächsten morgen nahm ich ein flugzeug nach London seitdem habe ich nichts mehr von ihr gehört was für eine verschwendung ich glaube nicht daß sie ahnt was sie sich angetan hat ich werde wahrscheinlich immer weniger tolerant aber ich habe kein verständnis für leute die sich nicht an die spielregeln halten wollen und dieser junge jede wette daß er eines tages im knast landet es ist unausweichlich aber sie kann niemandem die schuld geben sie hat es sich selbst zuzuschreiben das traurige ist daß sie nie einsehen wird welchen schaden sie angerichtet hat es würde ihr einfach nicht in den sinn kommen daß ihr leben von anfang an verpfuscht war lachhaft nicht wahr

Hugh Harper

Hugh Harper hätte Dr. Hugh Harper sein können, hätte er seine medizinische Ausbildung beendet. Doch verlor er irgendwann einfach das Interesse. Vielleicht war es die Erkenntnis, daß er das zusätzliche Geld, das er mit einer Praxis in der Harley Street oder anderswo verdienen würde, nicht brauchte. Er sah ein, daß er auch so ein angenehmes Leben führen und sich den unnötigen Aufwand sparen konnte.

Wie die meisten Hedonisten war Harper exzentrisch und verschwiegen zugleich. Bei ihm ist die Verschwiegenheit nicht erstaunlich, denn seine Exzentrik bestand in einer Vorliebe für menschliches Blut. Er schämte sich nicht für diese ungewöhnliche Veranlagung, denn sie hatte keinerlei sexuelle Aspekte; sie war rein kulinarischer Natur. Andererseits sah er keinen Grund, den Kreis derer, die von seiner Schwäche für den Geschmack von Blut wußten, über die Gruppe von jungen Leuten aus der Nachbarschaft hinaus zu erweitern, die ihm regelmäßig kleine Mengen davon verkauften. Der Ärger begann – wie er hätte voraussehen können –, als schließlich die Mutter eines Jungen dahinterkam, was da vor sich ging. Verständlicherweise war sie entsetzt und drohte mit einem Skandal. Die Harper-Familie beschloß, daß Hugh verschwinden müsse.

In seiner Naivität protestierte er und behauptete, nichts an dem, was er tue, sei illegal. Sein älterer Bruder entgegnete, wenn es so sei, dann nur deshalb, weil es in einer zivilisierten Gesellschaft noch keinen Präzedenzfall für ein derartiges Verhalten gegeben habe, und er selbst werde ihn noch am gleichen Abend zur Fähre nach Calais begleiten. Er brachte ihn nach Dover und setzte ihn auf die Fähre; dann stieß er einen Seufzer der Erleichterung aus und kehrte nach London zurück. Zwar wußte er, daß die Sache nichts mit Sex zu tun hatte, doch war ihm klar, daß die empörten Mütter, wenn sie sich erst einmal zusammenschlossen, diesen Eindruck schnell erwecken könnten.

In Pozzuoli bei Neapel richtete sich Hugh Harper in einem Appartement ein und machte sich daran, eine Gruppe von proletarischen jungen Blutspendern um sich zu scharen, die kaum auf die Idee gekommen wären, sich ihren Müttern anzuvertrauen (und deren Mütter jedenfalls für derartige Informationen auch kaum Interesse aufgebracht hätten). Doch rechnete er nicht mit der Tatsache, daß die italienische Polizei häufig über Dinge Bescheid weiß, noch ehe sie passiert sind. Nach ihrer Aussage handelte es sich um einen Ausländer, der sich nicht damit zufriedengab, Halbwüchsigen Drogen zu besorgen, sondern darauf bestand, ihnen den Schuß selbst zu setzen. Die Jugendlichen stritten diese Theorie natürlich einmütig ab und behaupteten mit typisch italienischem Stolz, daß sie den bizarren Wünschen des Engländers nur deshalb nachgaben, weil sie dafür gut bezahlt wurden.

Na schön, dann eben keine Drogen, sagte die Polizei, aber die Sache ist in jedem Fall illegal, denn der Ausländer hat keine Genehmigung, in Italien zu praktizieren, und wer bei uns einer anderen Person eine Spritze setzen will, ganz gleich, aus welchem Grund, braucht eine medizinische Approbation.

Um dem Verfahren und einer möglichen Haftstrafe zu entgehen, sah sich Harper gezwungen, mehrmals beträchtliche Geldsummen zu opfern; dann wurde er aufgefordert, das Land zu verlassen und nie wieder zurückzukommen.

Es überraschte niemanden, daß der nächste Ort, den Hugh Harper sich aussuchte, Marokko war. Er mietete ein kleines Haus auf dem Marshan in Tanger, in dessen *sala* er einen riesigen Kühlschrank aufstellte. In den hell erleuchteten Fächern standen die kleinen Fläschchen mit Blut, deren Etiketten den Namen des Blutspenders und das Datum der Spende verrieten. Die jungen Marokkaner fanden nichts dabei, daß der Engländer zusätzliches Blut für seine Gesundheit verlangte, denn jeder weiß, daß englisches Blut dünn und kalt ist. Auf die Vorstellung, daß er es brauchte, weil er den Geschmack mochte, kamen sie nicht.

So schien es, daß er endlich den richtigen Ort gefunden hatte; hier konnte er seinen abseitigen Neigungen nachgehen, ohne daß irgendeine Störung von außen zu erwarten war. Im Verlauf der zwei Jahre, die er auf dem Marshan verbrachte, kam es ihm mehr und mehr so vor, als sei seine exzentrische Vorliebe etwas völlig Normales, und er trank das Blut so wie andere Leute Wein. Es war alles ganz einfach, und niemand mischte sich ein. An diesem Punkt besiegte die Euphorie seine Vernunft. Die säuberlich aufgereihten Fläschchen in seinem Kühlschrank erschienen ihm unwiderstehlich, und schließlich verfiel er auf die Idee, daß seine europäischen Bekannten ebenso großen Gefallen an ihnen finden könnten wie er selbst. «Nehmen Sie ein Glas», drängte er seine Besucher. «Es ist wunderbar kühl!»

Die Europäer waren schockiert, wie es sich gehörte, konnten aber nicht viel mehr tun, als diesen wundervollen neuen Skandal ihrem Repertoire an Klatsch und Tratsch hinzuzufügen. Die düstere Exzentrik an Harpers Verhalten entzückte sie. «Natürlich ist der Mann vollkommen verrückt», versicherten sie einander am Ende solcher Diskussionen. In gewissem Sinne hatten sie recht. Wäre er völlig gesund gewesen, hätte er seine kleine Auswahl an Fläschchen auch weiterhin in strenger Abgeschiedenheit bewundert und ihren Inhalt genossen, ohne daß irgend jemand ihm dabei zusah, so wie bei seiner Ankunft in Tanger. Statt dessen ging er dazu über, seinen Gästen die Namen auf den Etiketten vorzulesen: «Abdeslam, Mohammed, Abderrahman, Omar. Wen möchten Sie probieren? Ali?»

Die dermaßen bedrängten Europäer redeten so viel über den merkwürdigen Mister Harper, daß ihre marokkanischen Dienstboten unweigerlich Wind von der Sache bekommen mußten. Auf diese Weise hörte ein *fquih* aus Souq el Bqar Gerüchte über den ungewöhnlichen Engländer. Er machte sich viele Gedanken über den Fall. Selbst wenn das Blut einem therapeutischen Zweck diente, ahnte er, daß etwas Anstößiges darin lag, wenn ein Ungläubiger derart viel moslemisches Blut konsumierte. Er war ziemlich sicher, daß der Koran Gesetze enthielt, die derartige Praktiken unterbanden; da er sich aber in dem heiligen Buch nicht besonders gut auskannte, blieb er auf Mutmaßungen angewiesen. Schließlich konsultierte er den Imam einer Moschee in Dradeb, der ihm bestätigte, daß der Genuß menschlichen Blutes in den Augen Allahs ein Greuel war. Man mußte den Christen daran hindern, noch mehr moslemisches Blut zu trinken.

Wenn die religiösen Führer im Islam eine Entscheidung treffen, wird sie mit erstaunlicher Schnelligkeit in die Tat umgesetzt. Hugh Harper erhielt einen *procès-verbal*: Innerhalb von acht Tagen mußte er Tanger verlassen. Man nannte ihm keinen Grund für diese Entscheidung, aber das war auch nicht nötig. Wohin er ging, nachdem er in Marokko zur *persona non grata* erklärt worden war, ist nicht bekannt.

Massachusetts 1932

Nur apfelschnaps ein hauch von minze wenig zitrone gibt nichts besseres an einem heißen nachmittag möchten sie noch eis es ist genug da ich mag weder eis in meinem drink noch sonst welches komisch als ich noch ein kleiner bengel war gaben sie mir welches und ich spuckte es aus sagte es würde mir den mund verbrennen ja stimmt es hat gedonnert ich dacht mir schon es könnt was kommen gibt schlimme Unwetter hier sie donnern vom tal herauf gott man könnte meinen es wären bomben und man sitzt da und wartet wo sie als nächstes einschlagen zweimal hats die scheune erwischt vor zwei jahren war kein großer schaden aber ein anderes mal oh fünfzehn jahre muß es jetzt her sein da ist sie zur hälfte abgebrannt hab die pferde aber noch rausgekriegt hatte damals pferde das war zu einer zeit als die familie glück hatte wir kriegen mordsmäßige unwetter hier normalerweise im august die schlimmsten meine frau meine erste frau heißt das kaum daß sie es donnern hörte war es aus mit ihr sie wurde ganz weiß im gesicht und fing an zu zittern man konnte nichts mehr mit ihr anfangen sie hatte keine ahnung von blitzen ich sagte zu ihr Susan selbst wenn sie das haus treffen werden sie dir nichts tun aber wenn frauen fickrig werden hat es keinen sinn auf sie einzureden und immer wieder dasselbe zu sagen jawohl in diesem haus bin ich geborn hab immer hier gelebt sah früher nicht so aus es war meine zweite frau die die ganzen möbel hergebracht hat gehörn nicht in ein altes haus wie das hier stimmt das haus ist ziemlich alt siebzehnneunundsechzig man kann die zahlen über der türschwelle vorn eingemeißelt sehn all diese alten häuser haben kleine zimmer da ist kein platz für große sessel und tische hab ich ihr gesagt der einzige raum der groß genug für den flügel wäre ist die küche aber da nimmt er die hälfte vom platz weg das war laut es ist auf dem weg hierher sehn sie sich den himmel an da draußen über dem berggipfel schwarz wie die sünde ja stimmt ich lebe allein hier seit meine letzte frau gestorben ist hab nicht mal einen hund der mir gesellschaft leisten könnte macht mir nichts aus mochte sowieso nie viel durcheinander in meiner umgebung kann lärm nicht ausstehn das radio da drüben ich stell es nie an außer für nachrichten wie siehts aus mit ihrem drink ich mixe ihnen einen neuen ja der haut rein aber verstehn sie man darf keine pfefferminze nehmen es muß grüne minze sein komisch was pfefferminze gibt nicht den richtigen geschmack also sie haben meine anzeige gelesen und sind den ganzen weg hier rausgekommen um sich das haus anzusehn gibt nicht viel zu sehn aber es gehörn hundertfünfundvierzig acres wald dazu dahinten fließt noch ein bach nicht übel und drüben auf der andern seite stehn ein paar obstbäume das ist ungefähr alles aber ich hab genug zu tun hab ungefähr fünfzig klafter holz im schuppen liegen für kalte tage zu schade daß sie nicht ne stunde früher gekommen sind dann hätten wir runter in den wald gehn können schätze sie wolln das ganze grundstück anschaun nun wir können uns draußen ein wenig umsehn aber wir sollten in der nähe des hauses bleiben man riecht den regen förmlich nehmen sie ihren drink mit das geht schon diese vier alten ahornbäume warn genauso groß wie jetzt als ich ein junge war kann mich gut erinnern mein großvater erzählte er könne sich nicht an eine zeit entsinnen als sie noch nicht da warn die zwei kleinen fenster da oben nun ja das sind zwei schlafzimmer und eine mansarde jetzt geht es bald los wird mächtig was runterkommen zu schade daß wir nicht naß geworden sind dieses zimmer hier rechts ist das wohnzimmer ich benutze es nicht komme nie hierher hab auch so jede menge platz es ist muffig man riecht den staub kommen sie weiter nach nebenan und nehmen sie noch einen drink der apfelschnaps freut mich daß sie ihn mögen richtig ich mache ihn selbst unten im keller habe ich eine kleine destille mein vater hatte sie schon vor mir es ist wirklich gutes zeug wenn man es richtig macht jessas das war nah muß drüben bei der Henderson farm gewesen sein wahrscheinlich hats eingeschlagen ich muß die fenster zumachen es regnet rein ich mache ihn jedes jahr um himmels willen nein verkaufen nicht das würde mich in teufels küche bringen es reicht gerade für den hausgebrauch nur hab ich keinen haushalt nein noch mal heiraten kommt nicht in frage habs zweimal versucht und beide male gings schief tragisch und schrecklich beide waren sehr kultiviert und empfindsam die erste hatte ein bißchen geld die zweite war genauso pleite wie ich ein paar anteile von Tel and Tel aber sie hatte all diese möbel na schön ist jetzt fast zehn jahre her daß ich meine erste frau geheiratet hab mein alter herr war gestorben und das haus vollkommen verschuldet sie wollt es als erstes abbezahln also war ich diese sorge los ja tragisch und schrecklich ich komme gleich drauf ungefähr ein jahr später fällt mir auf daß Susan nicht besonders gut dabei ist sieht aus als fällt sie zusammen ich weiß auch nicht fickrig wie sonst was und kann nicht schlafen und ich muß mir tag und nacht ihre stichelei anhörn vor allem nachts sie ließ mich einfach nicht schlafen also zog ich schließlich auf das sofa das früher hier stand ich weiß nicht ob sie die flinte in der ecke des wohnzimmers bemerkt haben ich hab sie dort immer geladen stehn damit ich schnell reagieren kann vielleicht ist ein murmeltier im garten oder ein eichhörnchen man kann nicht einfach zusehn wie sie einem das haus auseinandernehmen jedenfalls wußte Susan von der flinte obwohl sie sie nicht anrührte wenn sie staubwischte sie hatte angst na schön jedenfalls gings ihr immer schlechter und schließlich hörte sie auf mit mir zu reden sagte den ganzen tag kein wort mehr mir wars recht ich hatte den neuen lieferwagen einen Ford und fuhr alle paar tage in die stadt um lebensmittel einzukaufen sind nur achtzehn meilen wenn man nebenstraßen nimmt das pflaster ist nicht gerade das beste aber das machte mir im wagen wenig aus normalerweise fuhr ich vormittags los und war gegen mittag zurück aber an diesem tag brach ich erst nach dem lunch auf ungefähr um zwei ich brauchte länger als sonst in der stadt und kam kurz nach sonnenuntergang zurück ging ins haus suchte nach Susan keine spur von ihr als ich in das zimmer auf der andern seite vom flur kam ins wohnzimmer fand ich sie ja sie hatte sich erschossen saß im sessel den schaft auf den boden beugte sich ganz nach vorn steckte den lauf in den mund und drückte ab schreckliche sache das wolln sie doch bestimmt nicht alles hörn wie kam ich bloß drauf seh nicht so viele leute heutzutage manchmal wenn jemand vorbeikommt kann ich gar nicht mehr aufhörn glaub ich kann ich ihnen noch einen anbieten nein nicht mal einen kleinen sie haben recht er haut rein nun wenn sie nichts dagegen haben genehmige ich mir noch einen muß ja nirgendwo mehr hin nun ja diese üble geschichte hat mir mächtig zugesetzt nach der beerdigung fuhr ich runter nach New York und sah mir ein paar shows an jessas ich wär verrückt geworden wenn ich hier geblieben wäre und da unten lernte ich Laura kennen in diesem jahr sahn wir uns nicht so oft im nächsten jahr fuhr ich wieder nach New York und wir trafen uns häufiger doch erst im jahr drauf heirateten wir sie war verrückt nach dem haus hatte sich schon immer so eins gewünscht wir stellten die alten tische und stühle raus war ohnehin kein staat mit zu machen und sie brachte ihr ganzes zeug hierher Laura war sehr empfindlich nervös gewohnt daran sich durchzusetzen sie liebte das land machte stundenlange spaziergänge im wald jedenfalls im ersten jahr oder so außerdem war sie künstlerisch veranlagt stellte ihre staffelei draußen im garten auf und malte die bäume sie machte nichts mit den bildern sie malte sie nur gern oben in der mansarde gibt es einen ganzen stapel davon sie war ein guter kumpel wir gingen auf dem Hawk Mountain beeren sammeln nahmen sandwiches mit und blieben den ganzen tag draußen weiß der kuckuck wie viele quarts wir nach hause brachten konnten sie kaum schleppen es hellt ein wenig auf zieht weiter das tal hinauf aber es kommt immer noch ordentlich was runter das dumme war mein fehler ich hätt ihr von Susan erzähln solln ich meine wie sie gestorben ist von anfang an hätt mir denken können daß es ihr irgendwie zu ohren kommen würde sie wissen ja wie frauen reden also will sie alles darüber wissen und warum ich ihr nicht sofort davon erzählt hab statt zu warten daß andere es tun sie stellte immer mehr fragen wie Susan den abzug hatte drücken können bei so einem langen lauf das mußt du schon selbst rauskriegen sagte ich sie dachte ich wollte etwas vor ihr verbergen es wurde so schlimm daß sie über nichts anderes mehr reden wollte sie sagte oh manchmal muß ich an Susan denken und dann bin ich so traurig ich frage mich was sie gefühlt hat und wie sie sich so etwas antun konnte ich sagte um himmels willen du hast Susan nie gesehn wie kannst du an sie denken deswegen wollte ich nicht daß dus erfährst weil ich wußte daß es dir zu schaffen machen würde es dauerte nicht lange bis mir klar war daß es nie wieder so sein würde wie vorher es war nicht unbedingt stichelei aber sie wurde sarkastisch und sowieso hatte sie ihren eignen kopf jetzt ist es zu spät ich dachte ich müßt halt das beste draus machen tja und eine möglichkeit das beste draus zu machen war dem haus den rücken zuzudrehn sobald sie anfing klavier zu spielen es hat aufgehört werd mal die fenster aufmachen man kriegt ja kaum luft hier drin sind sie sicher daß daß sie keinen mehr wolln ich mache mir noch einen hoffe sie haben nichts dagegen wenn ich allein bin mag ich nicht trinken macht keinen spaß wenn man niemand hat mit dem man reden kann und der außerdem nicht will daß man trinkt Laura konnte nicht trinken behauptete immer sie kriegte kopfschmerzen davon deshalb mochte sie es nicht wenn ich trank wollte daß ich die destille rauswarf sagte es mache sie nervös daß sie da unten stand von da an trank ich im werkzeugschuppen sie verstehn ein jammer wenn ein mann in seinem eignen haus nicht tun kann was er will wir gingen uns auf die nerven es war schrecklich und sie verbrachte immer mehr zeit am klavier welche art von musik lieber himmel keine ahnung aber es war immer laut ich blieb nicht da um zuzuhörn hab mich aus dem staub gemacht und sie klimperte den ganzen nachmittag auf dem klavier herum ich fand mich damit ab bis ich ihr eines tages sagte paß auf wir müssen uns einigen was das klavier angeht im moment scheint mir eine stunde am vormittag und eine stunde am nachmittag ist genug für uns alle und bei Gott mehr wirst du nicht spielen ich stoppe die zeit und wenn du weiterspielst wenn deine zeit um ist komme ich und schleppe dich mit gewalt weg von dem ding laß dir das gesagt sein das war zu viel für sie danach spielte sie überhaupt nicht mehr sagte ich hätt ihr die freude dran verdorben verstehn sie das war teil ihres nervenzusammenbruchs schnitt sich sozusagen ins eigne fleisch aber sie hielt es mir vor bis zum ende gelegentlich versuchte ich sie zum spielen zu überreden aber sie betrat nicht mal mehr das zimmer saß nur noch in der küche am großen fenster und träumte ich wußte es damals nicht aber sie muß die ganze zeit an Susan gedacht haben ich glaub selbst wenn ich es ihr selbst erzählt hätte statt es den nachbarsfrauen zu überlassen die art wie sie reagierte wär dieselbe gewesen jedenfalls war ich eines morgens draußen auf dem feld zum unkrauthacken und hörte ein komisches geräusch im haus um himmels willen sagte ich sie spielt mit der flinte und ich fing an zu laufen und dann fand ich sie im wohnzimmer sie hatte es genauso gemacht wie Susan alle beide ich konnts nicht glauben solche sachen passiern einfach nicht ich meine nicht zweimal hintereinander nein na schön es war schrecklich später fragte ich Doc Synder ob er glaubte es wär weil ich das mit dem klavier gesagt hatte aber er sagte nein sie war schwermütig und hätt es ohnehin getan deshalb sollte ich mir nichts vorwerfen aber er hatte gut reden er sagte Caleb wenn eine frau wie deine sich was in den kopf setzt kannst du nichts machen du wirst sie nicht davon abbringen er half Laura kein bißchen er machte witze mit ihr aber sie nickte nur mit dem kopf Doc sagte es überraschte ihn nicht er hätt sozusagen darauf gewartet daß etwas passierte na schön war mir ein vergnügen mit ihnen zu plaudern kommen sie wieder wenn sie sich das grundstück bei gutem wetter noch mal ansehn wolln würde mich freun jederzeit ein vergnügen und fahrn sie vorsichtig sie sind sowieso nicht vor dem dunkelwerden zu hause

Dinner bei Sir Nigel

In jenen Zeiten unterschied das gesellschaftliche Leben der Stadt noch scharf zwischen Marokkanern und Europäern; letztere unterhielten zu ersteren das traditionelle Verhältnis von Herren zu Dienern. Der durchschnittliche europäische Haushalt wurde normalerweise von einem Stab von fünf oder sechs Marokkanern geführt. Ein größeres Haus benötigte verständlicherweise weit mehr Dienstboten, und das einheimische Personal wurde nicht selten um einen europäischen Küchenchef, Haushälter und Chauffeur verstärkt. Eine unerklärliche Ausnahme – so munkelte man hier – bildete das Haus von Sir Nigel Renfrew; man hätte erwarten können, daß er einen ziemlich großen Stab benötigte, doch hieß es, er beschäftige nur einen Mann und ein Hausmädchen. Diese ungewöhnliche Tatsache beschäftigte die Mitglieder der britischen Kolonie immer wieder, und man hörte vage Gerüchte, die darauf anspielten, daß hinter Sir Nigels spartanischer Beschränkung des Personals mehr als bloßer Geiz steckte.

Das Jahr seiner Ankunft in Tanger ist unbekannt; offenbar war es kurz nach dem Ende des Zweiten Weltkriegs. Er muß ein beträchtliches Vermögen mitgebracht haben (entweder legal oder aber heimlich, was wahrscheinlicher ist), denn er verlor keine Zeit und ließ eine Reihe von großen Appartementhäusern am damaligen Stadtrand errichten. Es ist zu bezweifeln, daß irgendeines dieser Gebäude ihm seine Investition wieder einbrachte, denn es gab Dutzende von leeren Appartementhäusern in der Stadt, die nur darauf warteten, bezogen zu werden.

Den ersten Augenzeugenbericht über Sir Nigel erhielt ich von zwei englischen Freunden, die er zum Essen eingeladen hatte. Sie warteten anderthalb Stunden, bis er ohne ein Wort der Entschuldigung oder Erklärung erschien; dann warteten sie eine weitere halbe Stunde, bis der einzige Diener den Tisch gedeckt und das Essen hereingetragen hatte. Ihre Beschreibung des Mahles selbst war knapp; sie stimmten jedoch darin überein, daß Sir Nigel «unerträglich» sei. Soweit ich weiß, hat keiner von beiden sein Haus je wieder betreten. All das jedoch konnte mich zwei oder drei Jahre später nicht davon abhalten, zusammen mit einer Gruppe britischer und kanadischer Journalisten eine Einladung zum Dinner bei Sir Nigel anzunehmen.

Wir mußten in einiger Entfernung vom Haus den Wagen stehenlassen und zu Fuß über eine ungepflegte Weide gehen, auf der ein paar Schafe grasten. Es war noch hell, aber ich fragte mich, wie wir im Dunkeln den Weg zur Straße zurück finden sollten. Einer der Journalisten jedoch hatte eine Taschenlampe dabei.

Sir Nigels wenig einnehmende Erscheinung versetzte mich in Erstaunen. Er war ein kleiner Mann, beinahe hager, mit einem zerfurchten Gesicht und kleinen farblosen Augen, die sehr eng zusammenstanden. Er setzte sich zwischen zwei Korrespondenten, die er offensichtlich ganz gut kannte und unterhielt sich mit ihnen, ohne uns anderen die geringste Aufmerksamkeit zu schenken.

Ich beobachtete sein Gesicht und kam zu dem Schluß, daß er außerstande war, zu lächeln oder auch nur den Ausdruck permanenten Mißvergnügens durch einen anderen zu ersetzen. Er strahlte Feindseligkeit aus, und es war klar, daß seine Gäste dies bemerkten; sie hörten auf, sich miteinander zu unterhalten und saßen schweigend da, um der heiseren Stimme ihres Gastgebers zu lauschen.

Ein schwarzer Diener brachte Whisky, Soda und Eis. Als er hinausgegangen war, breitete Sir Nigel die Arme aus und sagte: «Sehen Sie diesen Mann? Ich habe ihn aus Sansibar mitgebracht. Er ist mein Koch, Butler und Gärtner. Sie bräuchten ein halbes Dutzend Ihrer Mauren, um dieselbe Arbeit zu erledigen. Eine Bande von Faulpelzen, die herumlungern, ihre Pfeifen rauchen und um Essen betteln.» Er funkelte uns an, als seien wir verkleidete Marokkaner, und ich merkte, daß er bereits betrunken war.

Auf dem Fußboden in einer dunklen Ecke des Raums standen mehrere Trommeln in verschiedenen Größen und Formen, alle mit Zebrahäuten bespannt. In der Hoffnung, ihn auf ein anderes Thema zu bringen, fragte ich Sir Nigel, ob er diese ebenfalls aus Sansibar importiert habe. Er musterte mich mit einem Ausdruck, aus dem ich nur äußerste Geringschätzung und Verachtung lesen konnte und antwortete rasch: »Ich habe dort ein Haus«, worauf er zu seinen Haßtiraden gegen die Marokkaner zurückkehrte.

Vom Essen selbst habe ich nur behalten, daß wir in Dreiergruppen auf Kissen um drei niedrige Tische saßen und unser Gastgeber sich von Minute zu Minute mehr in Rage redete, je weiter das Mahl fortschritt. Er hatte die

Marokkaner vergessen und war mittlerweile dabei, Franzosen und Spanier mit Verwünschungen und Obszönitäten zu bedenken. Sie hätten keine Ahnung, wie man eine Kolonie führe oder mit den dummen und faulen Einheimischen fertig werde. Ich war unvernünftigerweise überzeugt, daß die wachsende Erregung unseres Gastgebers Ergebnis der Entscheidung war, es uns allen möglichst unbehaglich zu machen.

«Sie sehen ja, er ist völlig außer sich», raunte ich dem Kanadier neben mir zu. Er nickte, ohne den Blick von dem haßverzerrten Gesicht zu wenden.

Als der Diener aus Sansibar das Obst brachte, sprang Sir Nigel auf. «In einer Minute werden Sie etwas sehen, das Sie in Ihrem Leben nicht vergessen werden», rief er. «Und seien Sie versichert, daß sie aus freien Stücken kommen.» Damit rauschte er aus dem Zimmer; wir aber blieben sitzen und starrten uns an.

Wenig später hörten wir ein leises Geräusch. Ein Vorhang an der Wand hinter den Trommeln bewegte sich und eine große, muskulöse Schwarze schritt herein. Ohne in unsere Richtung zu sehen, entzündete sie mehrere Lampen im hinteren Teil des Raumes. Dann wandte sie sich um und hob den Vorhang, während fünf halbwüchsige Mädchen hereinschwebten und neben den Trommeln zu Boden sanken. Sie trugen durchsichtige weiße Gewänder, und das Haar fiel ihnen lose über die Schultern. Drei von ihnen waren das, was man als hinreißende Schönheit bezeichnen würde, die beiden anderen einfach nur hübsch. Der Anblick war beeindruckend. Sir Nigel hatte recht gehabt, als er sagte, wir würden ihn nicht vergessen.

Die Mädchen begannen wahllos auf die Trommeln einzuschlagen, die, weil sie viel volltönender waren als die Handtrommeln, die marokkanische Mädchen normalerweise spielen, den Raum mit einem Chaos rhythmischer Klänge erfüllten. Wie die Schwarze, die sie hereingelassen hatte, verhielten sie sich, als seien die Europäer vor ihnen unsichtbar. Niemand unternahm den Versuch, etwas zu sagen.

Plötzlich stand Sir Nigel vor uns, in der Hand eine lange Zirkuspeitsche, die er drohend schwang. Er hatte sich umgezogen und trug jetzt Reithosen und schwarze Lederstiefel, und sein Gesicht war so gefährlich dunkelrot angelaufen, daß ich mich fragte, ob wir hier und jetzt Zeugnis eines Gehirnschlages bei Sir Nigel Renfrew werden würden. Obgleich seine Bewegungen unkoordiniert wirkten, hatte er keine Mühe, seine Peitsche knallen zu lassen, und dies über den Köpfen der Mädchen, die sich duckten und kleine Schreie gespielten Erschreckens ausstießen, während sie sich zwischen den Trommeln zu seinen Füßen wälzten.

Und dann gab Sir Nigel ein lautes Zeichen, auf das die Mädchen reagierten, indem sie sich in ein wildes Getümmel stürzten, einander an den Haaren zerrten, die Mieder ihrer durchsichtigen Gewänder aufrissen und lange Schreie von sich gaben, bei denen sich einem das Haar sträubte. Sir Nigel hüpfte von einem Fuß auf den anderen, stieß kleine Grunzlaute aus, knallte mit der Peitsche und zog gelegentlich einem der rasenden Mädchen eins über. Einen Moment zuvor war alles noch Theater gewesen, jetzt aber begannen sie zu schluchzen und im Kampf ihre Fingernägel einzusetzen. Ohne daß ich ein sichtbares Signal dafür gesehen hätte, hob sich der Vorhang aufs neue, und die Schwarze eilte zu der außer Kontrolle geratenen Gruppe, trennte die Mädchen voneinander und half ihnen auf die Füße. Dann trieb sie sie unter dem Vorhang hindurch, und wir waren allein mit Sir Nigel, der noch immer seine Peitsche schwang, während er auf uns zukam.

Die vorangegangene Anstrengung hatte ihm den Atem geraubt. «Sie werden in ihre Zimmer gesperrt, verstehen Sie.» Er ließ die Peitsche über unseren Köpfen tanzen und starrte uns ins Gesicht, einem nach dem anderen, während er einen schweren Schlüssel aus der Tasche zog und in unsere Richtung schwang. «Doch falls jemand Lust hat, sich ein wenig mit einer von ihnen zu vergnügen, hier ist der Hauptschlüssel.» Seine Augen blitzten; es waren die Augen eines wütenden Schimpansen. Ich erkannte, daß sich für ihn der ganze Abend auf diesen Moment konzentriert hatte. Die anderen hatten ohne Zweifel denselben Eindruck, denn niemand sagte etwas, und ein langes Schweigen folgte. Sir Nigel stieß ein verächtliches «Ha!» aus und warf die Peitsche in Richtung der Trommeln.

«Ich glaube, ich muß ins Hotel zurück», sagte jemand. Ein allgemeines Raunen der Zustimmung flog durch den Raum, und wir alle erhoben uns und dankten unserem Gastgeber, der uns zur Tür brachte. Er verbeugte sich. «Gute Nacht», sagte er mit honigsüßer Stimme. «Gute Nacht, du gottverdammtes Schwein, gute Nacht.»

Während wir über die dunkle Weide stapften, gab einer der Engländer, der Sir Nigel kannte, nähere Einzelheiten preis. Es war richtig, daß die Mädchen aus freien Stücken aus den Dörfern der Umgebung kamen. Jede von ihnen wurde einen Monat eingesperrt und bekam zum Abschied einen wertvollen Kaftan, den sie sich sonst niemals hätte leisten können. Es war der Anblick dieser Gewänder, der andere Mädchen dazu brachte, nach Tanger zu kommen und Sir Nigel aufzusuchen. Sie würden nicht wirklich mißhandelt, sagte der Mann. Jede hatte ihr eigenes Zimmer im Dienstbotenflügel und wurde von der Schwarzen mit Essen versorgt. Jetzt verstand ich, warum Sir Nigel kein marokkanisches Personal wollte; es wäre unmöglich gewesen. Hätte ein Marokkaner Wind davon bekommen, was in dem Haus vorging, hätte es auf der Stelle einen Skandal gegeben.

Tatsächlich ging ein paar Monate später der Ärger los, und man kann nur annehmen, daß er etwas mit der Anwesenheit der Mädchen zu tun hatte. Sir Nigel verließ das Land und blieb mehrere Jahre fort. Er kehrte jedoch zurück und starb eines Tages um die Mittagszeit auf der Terrasse des Café de Paris im Zentrum Tangers an einem Herzanfall.

Tanger 1975

Als ich sie kennenlernte hatte sie gerade die große villa gekauft die sich über dem tal erhob heute gehört sie Saudis sie haben die meisten guten grundstücke gekauft ich weiß noch daß sie Anton und mich zum tee einlud wir waren jung verheiratet dann schien sie sehr an ihm interessiert sie hatte ihn vor jahren in Paris tanzen sehen und sie sprachen von dieser zeit alles war sehr korrekt sie hatte köstliche petits fours merkwürdig daß ich das behalten habe natürlich waren wir damals entsetzlich arm wissen sie und lebten vom billigsten das wir auftreiben konnten zum glück war Anton ein phantastischer koch sonst wären wir verhungert er konnte aus nichts eine mahlzeit zaubern sie würden es nicht glauben nun zwei wochen später lud sie uns zum lunch ein schrecklich formell viel personal alles sehr elegant und danach ich erinnere mich gut gab es kaffee und likör am kamin und plötzlich bot sie uns ein kleines haus an das auf dem grundstück stand es gab mehrere versteckte hütten wissen sie gästehäuser aber die meisten von ihnen standen weiter oben näher am großen haus und dieses hier ganz unten im wald weit von allem entfernt außer einem ententeich ich war absolut verblüfft das war das letzte das ich von ihr erwartet hätte schließlich ging sie mit uns hinunter um es anzusehen sehr einfach aber reizend geschmackvoll eingerichtet küche und bad eher primitiv aber draußen wuchsen unmengen von blumen und man hatte einen wunderbaren blick aus den fenstern natürlich waren wir entzückt sie verstehen wir brauchten nichts zu zahlen man überließ uns das haus einfach so lange wir es haben wollten ich muß zugeben daß es eine sehr nette geste war obgleich ich sie damals im verdacht hatte ein auge auf Anton geworfen zu haben was völlig absurd war wie sich später herausstellte auf alle fälle bedeutete es einen großen unterschied für uns das haus zu haben es war ein geschenk Gottes tatsächlich gab es aber auch einen nachteil jedenfalls für mich Anton schien es nichts auszumachen aber es gab mindestens zwanzig pfauen in einem riesigen aviarium im wald nicht weit entfernt und in manchen nächten schrien sie können sie sich vorstellen wie durchdringend sie schreien besonders mitten in der nacht ich brauchte wochen um mich daran zu gewöhnen lag im dunkeln und lauschte dem verrückten geschrei schließlich lernte ich trotzdem zu schlafen na schön nachdem wir eingezogen waren kam unsere gastgeberin nicht mehr in unsere nähe was natürlich ihr gutes recht war aber es wirkte schon ein wenig sonderbar wenigstens war sie nicht hinter Anton her die monate vergingen und wir bekamen sie nie zu gesicht wir hatten einen schlüssel zum tor am ende des anwesens deshalb benutzten wir stets die untere straße um zu kommen und zu gehen es war viel einfacher als hinter dem großen haus hinaufzuklettern wenn wir sie also hätten treffen wollen mußte sie zu unserem teil des grundstücks herunterkommen aber sie ließ sich nie blicken die zeit verging und dann hörten wir plötzlich aus allen möglichen ecken merkwürdige gerüchte immer wenn sie von uns sprach bezeichnete sie uns als ihre besetzer ich war dafür auf der stelle hinaufzugehen und die sache zu klären haben sie uns deshalb eingeladen damit sie sich überall über uns lustig machen können doch Anton sagte ich hätte keine beweise und es könnte ebensogut der typisch boshafte tratsch sein den es hier überall zu geben scheint er sagte ich solle warten bis ich es selbst hörte nun es schien nicht sehr wahrscheinlich daß sie es vor mir sagen würde doch dann machte ich eines morgens einen kleinen spaziergang in den wäldern und was sah ich mehrere frisch gemalte schilder die man auf den pfaden aufgestellt hatte: DEFENSE DE TOUCHER AUX FLEURS offensichtlich waren sie für uns bestimmt andere leute gab es ja nicht ist es nicht unglaublich auf welche ideen manche leute kommen wir wollten ihre scheußlichen blumen gar nicht wir rührten sie nicht an ich mag keine schnittblumen ich sehe lieber zu wie sie wachsen Anton sagte am besten beachten wir sie nicht wenn wir mit ihr streiten setzt sie uns vor die tür und natürlich hatte er recht aber es war auf alle fälle schwer zu ertragen sie verstehen sie hatte liebhaber ausschließlich einheimische aber sicher was soll man erwarten das ist in ordnung ich bin nicht so engstirnig ihr dies zweifelhafte vergnügen nicht zu gönnen aber es gibt verschiedene arten etwas zu tun man sollte erwarten daß eine frau in ihrem alter und mit ihrer kinderstube eine gewisse diskretion wahren das heißt alles so unauffällig wie möglich abwickeln würde aber das gegenteil war der fall erstens gestattete sie ihnen mit ihr zu leben so als seien sie mann und frau und gab ihnen auf diese weise gewalt über die dienstboten was undenkbar ist doch schlimmer noch dann stellte sie ihre erbärmlichen liebhaber vor den augen der ganzen stadt zur schau ging niemals ohne den jeweiligen begleiter aus wenn die leute ihn nicht ausdrücklich erwähnten schlug sie einladungen aus sie war die art von frau der niemals etwas peinlich zu sein schien aber sie hätte hier leben können ohne die hälfte der europäer vor den kopf zu stoßen wissen sie damals hatten die leute noch feste vorstellungen über solche dinge einheimische durften nicht mal die restaurants betreten es war nicht die tatsache daß sie liebhaber hatte auch nicht daß es einheimische waren aber daß sie in der öffentlichkeit mit ihnen auftrat war ein schlag ins gesicht der europäischen kolonie und das verziehen sie ihr nicht aber es kümmerte sie nicht im geringsten was andere leute von ihr dachten worauf ich eigentlich hinauswill ist die party wir sahen sie nie monat um monat nicht verstehen sie und dann stand sie eines tages plötzlich vor der tür überaus freundlich sie wolle uns um einen gefallen bitten sie werde diese riesige party geben habe zweihundert einladungen verschickt die am tor abgegeben werden sollten sie sagte es gebe immer viel zu viele leute die sich hineinschmuggelten die touristen würden die wachen bestechen damit man sie durchließe und diesmal würde niemand eingelassen außer denen die sie eingeladen hatte was sie wollte war daß wir vor dem tor in einem wachhäuschen saßen das sie hatte bauen lassen es hatte ein kleines fenster und einen schalter Anton sollte die einladungen kontrollieren und einem der polizisten die draußen postiert waren ein zeichen geben damit er den betreffenden einließ ich bekäme ein großes verzeichnis mit allen namen in alphabetischer reihenvolge und wenn Anton mir die einladung reichte sollte ich ein rotes kreuzchen neben den namen machen sie wollte später sicher sein wer gekommen war und wer nicht ich habe zehn dienstboten sagte sie und nicht einer davon kann lesen oder schreiben es ist zum verzweifeln aber dann dachte ich an sie und beschloß sie um diesen großen gefallen zu bitten ist alles in ordnung in ihrem kleinen haus gefällt es ihnen hier und natürlich sagten wir oh ja alles ist wunderbar und wir sind froh ihnen helfen zu können was für dummköpfe wir waren es wird nicht lange dauern sagte sie höchstens zwei stunden es ist eine kostümparty drinks abendessen und tanz im mondschein im unteren teil des gartens die musiker beginnen um halb acht als sie gegangen war sagte ich zu Anton zweihundert einladungen tatsache ist sie hat nicht einmal zwanzig freunde in der ganzen stadt nun gut der große abend kam und wir hockten oben in unserem kleinen wachhäuschen und rackerten uns ab wie kulis der schweiß floß in strömen an uns herab manchmal kam ein halbes dutzend leute auf einmal an die hälfte davon bereits betrunken und es gefiel ihnen gar nicht wenn sie warten mußten und man sie nacheinander einließ immer mehr kamen immer mehr ich dachte es würde nie aufhören um mitternacht waren wir immer noch da schließlich sagte ich Anton das ist zuviel mir ist es egal wer noch kommt ich bleibe keine minute länger und Anton sagte du hast recht und sprach mit dem wächter und sagte das war's mehr leute kommen nicht laß niemanden mehr herein gute nacht und so weiter und wir gingen hinunter zur party die kostüme waren sehr aufwendig wir blieben ein paar minuten am ende des gartens stehen und sahen zu wie sie tanzten bis ein hochgewachsener mann mit einem falschen bart und einem großen turban auf uns zukam ich hatte keine ahnung wer er war aber Anton behauptete er habe ihn sofort erkannt jedenfalls war es ihr liebhaber können sie sich das vorstellen sie hatte ihn geschickt um uns zu sagen wenn wir an der party teilnehmen wollten sollten wir doch bitte gehen und unsere kostüme anziehen als hätten wir irgendwelche kostüme zum anziehen ich war fassungslos nachdem wir fast fünf stunden in ihrem stickigen wachhäuschen ausgeharrt hatten besitzt sie die dreistigkeit uns zum gehen aufzufordern und ist nicht einmal so höflich selbst mit uns zu sprechen nein sie schickt ihren einheimischen liebhaber ich hatte hunger am buffet gab es unmengen zu essen aber es stand dreißig meter von uns entfernt am anderen ende des gartens als wir zu hause waren sagte ich zu Anton ich hasse diese Frau ich weiß daß es falsch ist aber ich hasse sie wirklich der gipfel war daß sie am nächsten tag wieder vorbeikam nicht wie man denken könnte um sich bei uns zu bedanken ha im gegenteil sie war gekommen um sich darüber zu beschweren daß wir leute eingelassen hätten die keine einladungen besaßen was meinen sie rief ich sehen sie sich die karten an und sehen sie sich das verzeichnis an sie stimmen überein wovon sprechen sie überhaupt und sie sagte die Duchesse de Saint Soundso vermisse eine abendtasche mit ihren smaragdohrringen und ich sagte was hat das mit uns zu tun wollen sie mir das bitte erklären nun sagte sie wir hätten unseren posten verlassen unseren posten nannte sie es als wären wir beim militär und nachdem wir gegangen waren seien andere leute gekommen und der polizist habe sie eingelassen Anton fragte ob sie ihre einladungen gezeigt hätten nun sagte sie es sei ihr noch nicht gelungen diesen bestimmten polizisten ausfindig zu machen deshalb wisse sie es nicht doch wenn wir dagewesen wären hätte das nicht passieren können liebe frau sagte ich ist ihnen klar daß wir fünf stunden in diesem kasten gesessen haben obwohl sie uns sagten es würde höchstens zwei stunden dauern ich hoffe sie wissen das nun antwortete sie es ist höchst bedauerlich aber ich war gezwungen die polizei zu rufen ich mußte lachen eh bien madame sagte ich da es ihrer meinung nach die polizei war die den dieb einließ liegt die lösung doch auf der hand ich verstehe nicht was wir damit zu tun haben daraufhin wurde sie lauter alles was ich dazu sagen kann ist es tut mir leid daß ich so dumm war mich auf sie zu verlassen nächstes mal weiß ich es besser und damit ging sie und ich sagte zu Anton hör zu wir können nicht weiter im haus dieser frau leben wir müssen uns etwas anderes suchen er verdiente damals ein bißchen weil er in einer import-export firma arbeitete es war praktisch nichts aber genug um die miete für eine kleine hütte zu bezahlen er fand wir sollten bleiben und hoffen daß die dinge sich wieder einrenkten aber ich fing an fast jeden tag allein loszugehen und etwas passendes für uns zu suchen was sich später als sehr nützlich erwies wenigstens hatte ich eine menge häuser gesehen und wußte welche in frage kamen verstehen sie denn die party war nur das vorspiel für die tragödie die sich weniger als einen monat später abspielte eines nachts drangen ein paar halbwüchsige gangster in das große haus ein der liebhaber war übers wochenende nach Marrakesch gefahren deshalb war sie allein ja sie ließ die dienstboten in hütten im oberen garten schlafen sie war allein im haus und sie wissen ja diese leute sind immer überzeugt davon daß europäer große summen bargeld im haus versteckt haben müssen folterten sie die ganze nacht und versuchten herauszubekommen wo es war sie wurde geschlagen und mit glühenden zigaretten traktiert und gewürgt man stach auf sie ein und brach ihr beide arme sie muß geschrien haben denke ich aber vielleicht drückten sie ihr ein kissen aufs gesicht jedenfalls hörte niemand etwas am nächsten morgen wurde sie von den mädchen gefunden sie lebte noch starb aber am gleichen nachmittag im krankenhaus wir erfuhren nichts davon bis zwei tage später plötzlich die polizei bei uns erschien und erklärte das grundstück sei behördlich geschlossen worden und alle müßten es sofort verlassen das hieß die dienstboten und gärtner und wir also brachen wir mit sack und pack auf es war schrecklich aber Anton sagte zumindest hätten wir länger als ein jahr mietfrei gewohnt er wollte immer die positive seite der dinge sehen irgendwie war das später hilfreich als ich die einzelheiten erfuhr ich regte mich entsetzlich auf denn wissen sie die polizei kam den gangstern mit hilfe einer goldenen zigarettendose und ein paar anderer dinge auf die spur die sie in der gräßlichen nacht mitgenommen hatten und dann stellte sich heraus daß sie auch die abendtasche der herzogin hatten einer der verbrecher war am abend der party sehr spät zum haus gekommen und mit einer gruppe spanier hereingeschlüpft nachdem Anton und ich das tor verlassen hatten und natürlich hatte er die gelegenheit genutzt das haus und den garten für den anschließenden einbruch auszukundschaften ich fühlte mich schrecklich schuldig natürlich wußte ich daß es nicht mein fehler war aber ich mußte immer daran denken daß wenn wir ein bißchen länger geblieben wären sie noch am leben sein könnte am anfang war ich sicher daß der liebhaber seine finger im spiel hatte verstehen sie er wich nie von ihrer seite sie ließ es nicht zu und plötzlich fährt er übers wochenende nach Marrakesch nein es schien zu glatt paßte zu gut zusammen aber offenbar hatte er nichts damit zu tun außerdem hätte er gelegenheit genug gehabt alles was er wollte mitgehen zu lassen und hatte nie etwas angerührt also muß er ziemlich intelligent gewesen sein wenigstens sägte er nicht den ast ab auf dem er saß nur hatte er am ende nichts davon der arme kerl ich habe versucht mich an diese nacht zu erinnern und manchmal scheint es mir daß ich im schlaf vielleicht doch ihre schreie hörte aber ich hatte die verdammten pfaue so oft gehört daß ich nicht darauf achtete und nun erstarrt mir das blut in den adern wenn ich daran denke daß ich sie möglicherweise tatsächlich um hilfe rufen hörte und glaubte es seien die vögel nur war das große haus so weit entfernt daß sie aus einem fenster hätte schreien müssen das über das tal sah deshalb sage ich mir immer wieder daß ich sie unmöglich gehört haben kann sie hätten sie nicht in die nähe eines fensters gelassen aber trotzdem ist es unheimlich

Mißliebige Worte

I

Ich bin froh, daß Du auf meinen Brief, der aus heiterem Himmel kam, geantwortet hast, obgleich Du bedauerlicherweise zu glauben scheinst, daß ich Dich für mein unfreiwilliges Publikum halte, nur weil Du an Dein Zimmer gefesselt bist. Oder hast Du das nur gesagt, um Schuldgefühle bei mir zu erwecken, weil ich beweglich geblieben bin?

Natürlich sind die Preise hier gestiegen, lange vor der internationalen Ölerpressung in den Siebzigern. Wir haben gesehen, wie sie kletterten und immer gedacht: Noch höher können sie nicht gehen. Alles ist fünfmal so teuer wie vor zehn Jahren. Seit 1965 ist jeglicher Import verboten. Statt importierter Waren hatten wir daher geschmuggelte Waren; sie zogen alle Leute an, die bereit waren, dafür zu bezahlen. (Man sollte vielleicht daran erinnern, daß die Preise hier in den dreißiger und vierziger Jahren unglaublich niedrig waren, so daß sie mehr oder weniger grenzenlos steigen konnten, bis sie mit Europa oder Amerika gleichgezogen hatten. Dann kam die Ölinflation, und sie kletterten weiter, sind aber trotzdem niedriger als anderswo.)

Etwa fünf Jahre nach der Unabhängigkeit unterhielt sich Christopher einmal mit einem alten Berber irgendwo im Süden. Mitten in einem ziemlich allgemein gehaltenen

Gespräch beugte sich der alte Mann zu ihm und sagte vertraulich: «Sag mir. Wie lange soll das mit der Unabhängigkeit noch so weitergehen?»

Ich weiß noch, wie ich 1947 um tausend Dollar nach New York kabelte. (Wie Du Dich vielleicht erinnerst, war das in jenen Zeiten genug, um sich drei bis vier Monate über Wasser zu halten, zumindest hier.) Die Bank, an die das Geld angeblich geschickt worden war, hatte es nicht, riet mir jedoch, bei allen anderen Banken in der Stadt nachzufragen. Damals gab es hier mehr als vierzig. Ich versuchte es bei zwei bis dreien am Tag; niemand wußte etwas. Einen Monat später hatte ich mein Geld immer noch nicht. Die amerikanische Gesandtschaft schlug vor, ich solle zur ersten Bank zurückgehen und es fordern und gleichzeitig durchblicken lassen, daß der amerikanische Botschafter intervenieren würde, falls sie es nicht auftrieb. Das magische Ergebnis: der Angestellte ging geradewegs zu einem Aktenschrank und förderte meinen Scheck zutage. Aber ich habe mich immer gefragt, was sie sich davon versprachen, ihn so lange festzuhalten. (Damals schien mir das sehr lange, ich war empört.) Heute ist es viel schlimmer. Alles fremde Geld, das ins Land kommt, wird in Casablanca in einen Fonds gesteckt und dort festgehalten, um Zinsen für Kredite zu kassieren, die daraus finanziert werden, gewöhnlich über einen Zeitraum von drei Monaten. Schließlich erscheint die Summe auf Deinem Bankkonto, berechnet zum jeweils niedrigsten Kurs während dieses Zeitraums. Das ist vollkommen verständlich, wenn man berücksichtigt, daß der Krieg anhält und kostspielig ist, aber es mildert nicht die Unannehmlichkeiten, die man deswegen in Kauf nehmen muß. Wahrscheinlich haben wir noch Glück, daß sie uns keine spezielle Kriegssteuer abknöpfen; weiß der Himmel, ob sie noch kommt. Schlimmer kann es nicht werden.

Du fragst nach Neuigkeiten von mir: mein tägliches Leben, worüber ich nachdenke, meine Meinung über auswärtige Angelegenheiten. Alles zu seiner Zeit, wenn möglich. Aber was hier in der Stadt passiert, hat mehr Gewicht als das, was wir von außen hören. Es gibt viele Verbrechen, doch jedes Jahr scheinen wir einen Mord zu haben, der irgendwie alle berührt. Das besondere Interesse liegt darin, daß die Opfer Nichtmoslems sind. Das fasziniert die Moslems ebenso wie die Ungläubigen, wenn auch zweifellos aus unterschiedlichen Gründen.

Vor zwei Jahren zum Beispiel, als die neue Moschee auf halbem Weg zwischen hier und der Place de France noch im Bau war, pflegte eine ältere Dame aus einem Gebäude auf der anderen Straßenseite die Arbeiter mit Tee und Kaffee zu versorgen. Sie kam am frühen Morgen, vor Sonnenaufgang, wenn die Luft noch kalt war, und die Arbeiter freuten sich auf sie. Eines Tages tauchte sie nicht auf, und am gleichen Tag hörten sie, sie sei tot in ihrem Bett aufgefunden worden. Jemand hatte es geschafft, zu ihrem Fenster hinaufzuklettern und in ihre Wohnung einzudringen, und ehe er wieder verschwunden war, hatte er ihr vernünftigerweise die Kehle durchgeschnitten. Er hatte gehofft, verstecktes Geld zu finden (die Frau war Jüdin, natürlich ging er davon aus, daß er es irgendwo auftun würde). Aber sie war arm wie eine Kirchenmaus; er fand nichts außer einem blauen Transistorradio aus Plastik und nahm es mit. Zwar hatten die

Arbeiter nun keinen Tee oder Kaffee mehr, dafür aber Musik aus dem blauen Transistorradio, wenn auch nur für ein paar Tage. Eine Nachbarin der ermordeten Frau bemerkte das Radio dort zwischen Haufen von Kacheln und war sich ihrer Sache so sicher, daß sie einem Polizisten auf der Straße davon erzählte. Natürlich schnappten sie den Arbeiter, der erklärte, er hätte der alten Jüdin nicht den Hals aufgeschlitzt, wenn er gewußt hätte, wie arm sie war!

Dann gab es letztes Jahr den Fall mit den beiden alten Amerikanern (ich glaube nicht, daß Du sie gekannt hast), die in einem kleinen Haus hoch oben auf dem Alten Berg wohnten, ganz am Ende der befahrbaren Straße, wo sie in die Reste der römischen Straße übergeht. Sie waren dort ziemlich isoliert, hatten weder ein Telefon noch ein anderes Haus in der Nähe. Nachdem sie jahrzehntelang friedlich dort oben gelebt hatten, wurden sie eines Tages überfallen. Der Mann war im Garten unten am Waldrand und legte gerade einen Wassergraben an. Die Angreifer schlugen ihn nieder und steckten seinen Kopf in den Graben. Die Frau beobachtete alles aus dem Fenster, bevor sie ins Haus kamen und sie verprügelten, in dem Versuch, ihr zu entlocken, wo «das Geld» versteckt war. (Diese Leute hatten keinen Pfennig, sie lebten von ihren Fürsorgeschecks.) Es gab kein Geld. Nachdem sie der Frau noch ein paarmal ins Gesicht geschlagen hatten, machten sich die Einbrecher aus dem Staub. Der Mann starb; die Frau überlebte. Der Vorfall alarmierte die Europäer, die auf der Alten Bergstraße wohnen, alle große Grundstücke haben und sich nachts bereits von Wärtern bewachen lassen; die Gangster hatten sich die alten Leute gerade deshalb ausgesucht, weil sie ungeschützt waren, und natürlich hatten sie gar nichts davon. Man munkelt, daß sie ungefähr zwei Monate später gefaßt wurden. Sie gehörten zu einer Bande, die in einer Höhle am Strand etwas westlich von der Stadt hauste. Aber wer weiß? Solche Dinge werden von den europäischen Residenten ernster genommen als Lebensmittelaufstände und Schlachten mit der sogenannten Polisario in der Sahara. Bridgetisch-Mentalität, wenn Du mir diese kleine Spitze verzeihen willst.

Wie auch immer, das wär's für heute.

II

Schön, daß wir wieder Kontakt haben.

Du hast unrecht; ich erinnere mich gut an das letzte Mal, das wir uns sahen. Du wohntest in diesem verrückten Appartement auf dem Dach des Schlosses, und vom Hafen kam ein schrecklicher Wind. Du hattest ein paar Leute zum Essen eingeladen, und ich weiß noch, jedes Mal, wenn die Tür zum Dach geöffnet wurde, blies der Wind durch die ganze Wohnung und alle schrien: Mach die Tür zu! Welches Jahr es genau war, habe ich vergessen, denn die Episode scheint in keinerlei Zusammenhang zu stehen. Das einzige weitere Detail, an das ich mich erinnere, ist Deine Bemerkung, Du könntest nichts lesen, das nach dem achtzehnten Jahrhundert geschrieben worden sei. Ich akzeptierte das als persönlichen Tick; später habe ich darüber nachgedacht und mich gefragt, wie gesund eine solche selbstauferlegte Einschränkung für einen Autor des zwanzigsten Jahrhunderts ist. Heißt das, daß du zeitgenössische Texte nicht mehr liest, um ihrem möglicherweise verderblichen Einfluß zu entgehen, oder ist Dir jeder Kontakt mit der heutigen Fiktion widerwärtig, weil er die Vorstellung einer Konkurrenz birgt? Natürlich bleiben Deine Gründe für den Ausschluß des neunzehnten Jahrhunderts in jedem Fall unerklärlich. Doch eine solche Verallgemeinerung trägt niemals Früchte, wie mir scheint, und ich frage mich, wie treu Du Deiner Maxime sein kannst.

Die Hälfte der Zeit war ich nicht einmal sicher, wo Du während dieser letzten fünfzehn Jahre gesteckt hast. Über andere höre ich, daß Du in Hongkong, Tokyo und sogar Malaysia lebtest. (Es gab eine Stadt, die Du angeblich bevorzugtest, aber ich kann mich an ihren Namen nicht erinnern. An der Ostküste und ziemlich weit im Norden.) Nachdem Du die Gewohnheit, mir zu schreiben, einmal aufgegeben hattest, wußtest Du nicht mehr, wohin Du Deine Briefe schicken solltest, was verständlich ist. Diese Rechtfertigung trifft für mich noch stärker zu, da Du kcine feste Adresse hattest, während ich immer mein Homebase behielt.

Ich brauche Dich wohl nicht zu fragen, ob Du dich an Betty und Alec Howe erinnerst, denn sie waren Deine Bridge- und Canasta-Partner, zusammen mit all den anderen Residenten, denen ich jahrelang aus dem Weg ging. Beide starben vor ein, zwei Wochen; wer weiß woran? Er zuerst, und sie ein paar Tage später. Smina ist überzeugt, daß Betty sich umgebracht hat, um Alecs Beerdigung nicht miterleben zu müssen. Sie können recht haben; ich kannte die Howes nicht, bin ihnen höchstens auf dem Markt oder bei Parties begegnet. Ich vermute, du wirst über ihr Ableben nicht allzu traurig sein.

Und dann ist da natürlich noch die unsägliche Valeska. Sie war mehrere Male nach Dir da, wenn auch nicht in den letzten fünf Jahren oder so. Abdelouahaïd entwickelte eine heftige Abneigung gegen sie, vor allem weil sie sich hartnäckig weigerte, im Mustang vorn zu sitzen, obgleich das der einzige bequeme Sitz im Wagen war. Die Beharrlichkeit, mit der sie darauf bestand, hinten Platz zu nehmen, verstimmte ihn, da er annahm, und wahrscheinlich zu Recht, sie wolle in der Öffentlichkeit klarstellen, daß er der Chauffeur war. Diese grundsätzliche Antipathie machte es ihm leicht, andere Facetten ihres Verhaltens zu kritisieren. Das tat er ununterbrochen bei mir, aber natürlich nicht vor ihr. Dann erkannte er eines Tages seine Chance und handelte. Das Resultat war dermaßen absurd, daß ich ihm anschließend nicht die Vorwürfe machen konnte, die er eigentlich verdient hätte.

Wenn ich zum Hotel fuhr, um Valeska mit dem Wagen abzuholen, saß sie stets an einem Tisch im Innenhof, las, löste Kreuzworträtsel, was auch immer, war jedenfalls sehr beschäftigt. Abdelhouahaïd fuhr stets an der Treppe vor, so daß sie uns bemerken mußte, und sie blickte stets einmal auf, so daß klar war, daß sie uns gesehen hatte. Doch aus irgendeinem Grund, den ich nie verstanden habe, rührte sie sich nicht, bis ich aus dem Wagen stieg, in den Innenhof hinunterging, ihn überquerte und direkt vor ihrem Tisch stand. Das war ein heiliges Ritual. Eines Tages blieb ich zu Hause und schickte Abdelhouahaïd, um sie abzuholen. Als sie sah, wie er den Innenhof betrat, sprang sie auf und folgte ihm zum Wagen, wobei sie immer wieder fragte: «Wo ist Paul? Wo ist Paul?»

In diesem Augenblick muß der Teufel in ihn gefahren sein, jedenfalls sah Abdelhouahaïd zu Boden und sagte traurig: «Paul ist tot.» Vielleicht kannst Du Dir vorstellen, welches Gezeter und Geschrei darauf folgte. Er half ihr in den Wagen und startete in Richtung Itesa. Wie Du weißt, spricht er kein Englisch, aber er kannte genug Worte, um ihr begreiflich zu machen, daß ich auf dem Fußboden lag und lauter Leute um mich herumstanden, die mich betrachteten.

Er erzählte, daß Valeska, als sie zur Plaza de Kuwait kamen, plötzlich schrie: «O mein Gott! Meine Kamera ist im Hotel. Macht nichts. Fahr weiter.»

Sie war buchstäblich hysterisch, als sie mich gesund und munter wiedersah, und ich dachte, jetzt reicht es, und sah mich schon dabei, sie zu Beni Makada, dem Psychiater, zu bringen. Dann wirbelte sie auf dem Absatz herum und kreischte: «Du Hundesohn!»

Ich glaube nicht, daß sie ihm diesen Scherz je verziehen hat, und er ist bis heute entzückt von der Erinnerung daran. Wie ich schon sagte, ich konnte ihm dafür keine Vorwürfe machen, da er es auf eine Art für mich tat, in dem Glauben, daß sie als Folge davon ihr Verhalten ändern würde. Aber natürlich bewirkte es überhaupt nichts, sie hielt es einfach für die Willkür eines verrückten Arabers, der neugierig war zu sehen, wie sie reagieren würde.

Überall um mich herum entstehen die ausgefallensten Villen. Sie sind gut gebaut, aber gräßlich anzusehen und erinnern an altmodische Jukeboxen, deren Fassaden mit Schmiedeeisen und Kachelarbeiten bepflastert sind. Laut Gesetz muß jedes Haus über einen eigenen Schornstein verfügen, aber in keinem Fall ist dieser mit irgend etwas im Haus verbunden; er dient rein dekorativen Zwecken. Die Bauunternehmer warten auf Käufer, die nicht kommen. Ob sich das je ändern wird? Die Preise erscheinen mir sehr hoch: zwischen hundertfünfundzwanzig und zweihunderttausend Dollar, ohne Heizung, versteht sich – kein Schornstein, keine Kamine – und häufig kein Gelände für einen Garten. Doch ist es gerade dieses Gebäude, das darüber entscheidet, ob sie offiziell als Villen oder einfach nur als Häuser bezeichnet werden dürfen (die keine Schornsteine brauchen).

Ich hoffe, daß es Dir gut geht und daß Du antwortest.

III

Ich habe mir vorgenommen, Dir regelmäßig, wenn nicht sogar häufig zu schreiben, damit Du über diesen Teil der Außenwelt auf dem laufenden bist; vielleicht hilft es, Deine Stimmung zu heben. Natürlich kann ich Dir nur dann eine Vorstellung von meinem Leben vermitteln, wenn ich alles hinschreibe, was mir durch den Kopf geht. Eine bewußte Auswahl des Materials birgt die Möglichkeit, dem anderen seine Sicht, seine eigene Meinung aufzudrängen. Ich glaube, daß meine Vorgehensweise Dir ein akkurateres Bild von meinem täglichen Leben vermittelt – oder zumindest des Teils, der sich in meinem Kopf abspielt, und das ist sicher der wichtigste Teil.

Ich habe mir immer wieder vorgestellt, wie es sein muß, bei einem Feuer oder einem Erdbeben in Deiner nicht gerade beneidenswerten Situation zu sein. Nicht in der Lage, aus dem Bett zu kommen, um zu versuchen, sich in Sicherheit bringen. Oder wenn Du in einem Rollstuhl sitzt, damit nirgendwo hinfahren zu können, außer die Korridore auf und ab. Das stelle ich mir als meine größte Sorge vor, dabei wäre es vielleicht ganz anders, da man schließlich nicht ständig in Erwartung eines Feuers oder Erdbebens lebt. Aber ich kann mich sehen, wie ich nachts wachliege und mir in allen Einzelheiten ausmale, wie es wäre, plötzlich zu Boden geschleudert zu werden, einen Dachbalken über den Beinen, und im Staub des herunterrieselnden Putzes oder im Qualm zu ersticken. Ich hoffe, Du denkst nicht an so etwas, und irgendwie kann ich es mir auch nicht vorstellen. Mittlerweile müßtest Du fatalistisch genug sein, um alle objektiven Phänomene als Begleiterscheinungen Deines Zustands aufzufassen. Sollte das zutreffen, könnte es zum Teil natürlich daran liegen, daß Du acht Jahre eine schreckliche Frau ertragen mußtest – eine Art Training für den endgültigen Zustand völliger Akzeptanz. Außerdem ist mir eingefallen, daß die ständige Gegenwart einer Frau wie Pamela vielleicht die Spannungen erhöht hat, die am Ende zu dem Schlaganfall führten. Du hast acht Jahre unnötig gelitten. Pamela war eine Rassistin. Sie hatte das Gefühl, von einer höheren Warte aus zu operieren als Du, weil sie sich bewußt war, daß vor dreihundert Jahren ihre Vorfahren bereits in Massachusetts lebten, während die Deinen aus irgendeiner rückständigen Gegend in der Ukraine stammten. «Wir waren zuerst hier, deshalb gehört es natürlich uns, aber wir freuen uns, Dich hier zu haben, denn das macht das Leben interessanter.» Täusche ich mich, oder war Pamela so? Hast Du nicht immer einen tiefen Widerspruch zwischen dem, was sie sagte, und dem, was sie tat, empfunden? Nach dieser langen Zeit kann ich mich nicht mehr sehr gut an sie erinnern. Das heißt, mir entschlüpft ihr Gesicht; ich kann mir kein Bild davon machen. Aber ich erinnere mich an ihre Stimme. Sie war wunderbar moduliert, es war ein Vergnügen, ihr zu lauschen, außer wenn sie böse wurde. Das war klar: man verändert seine Stimme und sein Verhalten absichtlich, setzt sie ein, um bestimmte Emotionen zu vermitteln. Doch jetzt frage ich mich: Ist Pamela eigentlich je böse geworden? Wenn ich mir das Bild vor Augen führe, das ich von unserem Frühstück in Quito habe (in dieser verrückten Eisdiele mit dem Balkon, wo man auch essen konnte), empfinde ich ihre schneidenden Stakkato-Sätze nicht als Ausdruck von Wut, sondern als Kommandos, die man an Untergebene richtet. Sie zeitigten die gewünschte Wirkung: Du zogst Dich in Dein Schneckenhaus zurück und sagtest kein Wort mehr. Alles war wunderbar, solange es keinen Widerspruch gab; dann halfen nur noch Befehle.

Die Wahrheit ist, daß ich zwanzig oder dreißig Jahre lang überhaupt nicht an sie gedacht habe. Sie fiel mir heute morgen ein, aber nur, weil ich versuchte, aus dem, was ich von Deinem Leben weiß, mögliche Gründe für eine zerebrale Blutung auszumachen. Ich gebe zu, daß diese Frage in Anbetracht der Tatsache selbst von rein akademischem Interesse ist. Eine Autopsie heilt nicht den Patienten.

Als ich heute morgen aufwachte, erinnerte ich mich an ein dummes kleines Lied, das ich als Kind hörte. Eine Frau namens Ethel Robb hat es mir vorgesungen. (Ich weiß nicht, wer sie war, aber es kommt mir so vor, als könnte sie eine Lehrerin gewesen sein.) Die Worte erschienen mir so merkwürdig, daß ich sie auswendig lernte.

In der vintertime ven der valley's green
And der vind blows along der vindowsill
Den der vomen in der vaudeville
Ride der velocipedes around der vestibule

(Die Melodie war eine Variante von «Ach, du lieber Augustin».) Sicher hast Du dieses Lied nie gehört. Ich frage mich, ob irgend jemand außerhalb von Miss Robbs Bekanntenkreis es kannte.

In den frühen zwanziger Jahren dachte man sich die absurdesten Texte aus: «Oh by Jingo», «The Ogo Pogo», «Lena Was the Queen of Palestina», «Yes, We Have No Bananas», «Barney Google» und weiß der Himmel was noch. Es gab einen Song von Fanny Brice, der «Second Hand Rose» hieß und mir Ärger mit der Mutter meiner Gastgeberin einbrachte, als ich ihn in den Sechzigern auf einer Party hier sang. Die Zeile *«Even the piano in the parlor Papa bought for ten cents on the dollar»* störte sie nicht weiter. Doch als ich zu *«Even Abie Cohan, that's the boy I adore, had the nerve to tell me he'd been married before»* kam, sprang die Dame auf und stürmte auf den Diwan zu, wo ich saß. Sie umklammerte mein Gesicht mit beiden Händen und schrie: «Sogar Sie, Paul Bowles, sogar Sie?» Es kam so plötzlich und war so dramatisch, daß ich das Gefühl hatte, einen immensen Fauxpas begangen zu haben. Glücklicherweise gab es andere Gäste, die den Song kannten; sie schafften es, die Dame davon zu überzeugen, daß ich ihn nicht speziell für diese Gelegenheit erfunden hatte, obgleich sie nicht vollkommen besänftigt schien.

Ich glaube, die wichtigste Eigenschaft, die Du und ich gemeinsam haben (obgleich es Dir natürlich freisteht zu behaupten, wir hätten nichts gemein), ist die Überzeugung, daß die menschliche Welt in eine Endzeit des Zerfalls und der Zerstörung eingetreten ist und dies das Ende eines Zustands bedeutet, der so gewaltig und chaotisch ist, daß er alle Versuche, Regierungen oder Ordnung aufrechtzuerhalten, vollkommen zunichte macht. Ich habe immer bemerkt, daß Du den Niedergang der Zivilisation noch heftiger angegriffen hast als ich. Das war natürlich zu einer Zeit, in der das Schlimmste, das wir uns vorstellen konnten, die Vernichtung durch einen Atomkrieg war. Doch heute können wir uns Umstände vorstellen, unter denen ein plötzlicher Tod durch Feuer möglicherweise eine willkommene Erlösung vom Inferno des Lebens wäre; vielleicht sehnen wir uns eines Tages noch nach einer universellen Euthanasie. Können wir auf einen Atomkrieg *hoffen* – ich meine ethisch –, oder sind wir aus Loyalität verpflichtet, auf das Überleben der menschlichen Spezies zu hoffen, ohne Rücksicht darauf, mit welchem Leid wir dafür bezahlen müssen? Ich habe den Begriff ethisch verwendet, denn es scheint mir, als zöge man allzu leicht falsche Schlüsse aus unethischen Hoffnungen.

Was alldem zugrunde liegt, schätze ich, ist meine Neugier. Ich würde gern wissen, ob die Tatsache, dermaßen behindert zu sein, Deine Ansichten in irgendeiner Art verändert hat. Bist du heute wütender, resignierter oder vollkommen gleichgültig? (Da Du dies niemals warst, unter keinen Umständen, glaube ich eigentlich nicht an die Möglichkeit einer solchen Persönlichkeitsveränderung.) Dennoch werde ich das Gefühl nicht los, daß Du diese Dinge als reine Privatangelegenheit betrachtest und mir daher meine lüsterne Fragerei übelnehmen könntest.

IV

Ich merke, daß Du Dich nicht wirklich an das Wochenende erinnerst, das Du zuvor erwähntest. Es ist nichts Schlimmes daran, kein absolutes Gedächtnis zu haben, doch es erscheint doppelt unglücklich, daß Du sowohl Deine externe als auch Deine interne Mobilität eingebüßt hast: ich meine die Freiheit, in der Vergangenheit umherzuwandern, in den verborgensten Winkeln der Erinnerung zu stöbern. Ich weiß, all das ist vierzig Jahre her, und Du sagst, Du kannst Dich nicht erinnern, wir alle drei seien so betrunken gewesen, daß keiner von uns sich tatsächlich an die Details dieses absurden Ausflugs erinnern könne. Aber weder Du noch ich waren betrunken, als wir in dem Dorf ankamen (und aus dem Zug steigen mußten, denn weiter hatten sie die Eisenbahn nicht gebaut). Es war noch hell, und wir überquerten auf der unvollendeten Brücke den Fluß, um zu dem sogenannten

Hotel zu gelangen. Sicher erinnerst Du Dich, daß es nichts anderes zu trinken gab als Mescal; Du sagtest immer wieder, es rieche wie Möbelpolitur, was, wenn ich mich recht erinnere, ein guter Vergleich war. Hast Du seitdem je wieder welchen getrunken? Was für eine Nacht, Bartolomé saß da, wurde von Minute zu Minute betrunkener und kicherte sich halb tot. Und irgendwann (versuch es – Du *mußt* Dich daran erinnern) fiel das Moskitonetz vom Bett auf meinen Kopf und ich verwikkelte mich in dem Wirrwarr und mußte niesen, weil es voller Staub war, und Bartolomé saß in seinem Sessel, zeigte mit dem Finger auf mich, während ich kämpfte und schrie: *Te pareces al Niño Dios!* Und er und Du lachtet immer wieder, während ich nieste und mit den Armen fuchtelte, um irgendwo eine Öffnung in dem Netz zu finden. Am Ende blieb nichts anderes übrig, als Bartolomé nach unten zu schicken, um eine neue Flasche Tehuacan zu holen und unseren Mescal weiterzutrinken. Ich glaube, er war derjenige, der mich schließlich aus dem Netz befreite. Ich gebe zu, daß Du mehr oder weniger hinüber warst, aber sicher nicht so sehr, daß Du Dich heute an nichts mehr erinnern könntest. Das alles war Spaß und gehört auf die Habenseite des Lebens. Wie üblich habe ich mir jedoch die unangenehmen Details stärker eingeprägt als das Vergnügen an der Sache. Der nächste Tag war endlos. Es war die Hölle, in dem schwankenden Klapperkasten von Zug zu sitzen, und ich sah voller Ekel auf die Kakteenreihen, die sich meilenweit auf den ausgedörrten Hängen erstreckten. Jeder Stoß des Zuges verstärkte das Hämmern in meinem Kopf. Bartolomé schlief. Du schienst keinen Kater zu haben, was mich erbitterte; andererseits warst Du an Alkohol gewöhnt und ich nicht. Aber da Du sagst, Du kannst Dich nicht entsinnen, bleibe ich mit meiner Erinnerung allein; ebensogut hätte ich das alles träumen können.

Manchmal habe ich den Verdacht, daß Du Deine gegenwärtigen Unzulänglichkeiten übertreibst, sicher nicht, um Mitleid zu erwecken, denn das sähe Dir gar nicht ähnlich, und außerdem ist der Wunsch zu übertreiben wahrscheinlich eine Sache des Unterbewußtseins. Dennoch betonst Du Deine unglückliche Lage so, daß man gar nicht anders kann, als Mitleid für Dich zu entwickeln. Die Frage ist: Warum legst Du so viel Gewicht auf Dein Unglück? Mein Gefühl sagt mir, daß Du es nur aus Bitterkeit tust. Ich spüre, wie Du denkst: Jetzt sitze ich in einem Rollstuhl. So ist es, und genau so hat es die Welt gewollt. Mit anderen Worten, *sie* haben Dir das angetan. Wenn Du religiös wärest, könntest Du es wenigstens auf Gott schieben, oder wäre das auch nicht befriedigender?

Wenn ich mich recht erinnere, magst Du Tiere. Ich selbst war stets ein Katzenfreund, im Gegensatz zu einem Hundeliebhaber. Es schien mir immer, als gäbe es später noch genug Zeit, um sich mit den Hunden anzufreunden. Doch hier ist die Wahrscheinlichkeit dafür äußerst gering. Nachts streifen sie in Rudeln durch die Straßen, und manchmal greifen sie sogar Passanten an. Sechs von ihnen jagten einen amerikanischen Freund von mir eines Abends eine Viertelmeile über die neue Straße, die vom Fuß des Alten Berges zu dem neuen

Teil von Dradeb führt. Als sich bestimmte Hunde zu hartnäckigen Schlafstörern entwickelten, mußte ich zweimal zu drastischen Maßnahmen greifen. Ich glaube, es ist besser, wenn ich Dir diese drastischen Maßnahmen beschreibe, als Dich in dem Glauben zu lassen, ich hätte die Tiere vergiftet. Natürlich war das das erste, das mir einfiel, aber ich entschied mich dagegen, wegen der Qual, die es verursacht. Außerdem sind die Symptome des Rattengifts (die einzige tödliche Substanz, die ich habe auftreiben können) so typisch, daß der Besitzer sofort Verdacht geschöpft hätte, man habe sein Tier vergiftet. Mein System mit dem ersten Köter, der Nacht für Nacht im Garten nebenan bellte, war zwar zeitaufwendig, aber wirksam. Ich mußte eine Woche lang die halbe Nacht aufbleiben und warten, bis die Straße vollkommen verlassen war. Gegen halb eins ging ich in die Küche und bereitete ein halbes Pfund rohe Hamburger vor. In der einen Nacht mischte ich Melleril und Largactyl unter das Fleisch, in der nächsten Nacht mehrere zerstoßene Tabletten Anafranil. Mit diesem Turnus fuhr ich fort, bis der Besitzer des Hundes überzeugt war, daß er an Tollwut litt und ihn erschießen ließ. Dies empfand ich als menschlichste Art, das Tier aus dem Weg zu räumen.

In einem anderen Jahr brachte eine Hündin ihre Jungen in der Garage zur Welt, die stets offen steht. Der Nachtwächter stellte ihr einen Karton hin, in dem sie die Welpen unterbringen konnte. Als diese weggegeben wurden, blieb sie in der Garage, ermutigt von einer exzentrischen Frau aus Äthiopien, die ihr Mädchen alle Stunde herunterschickte, um sie zu füttern. Sobald das

Tier sich in der Garage vollkommen zu Hause fühlte, fing es an, Ferngespräche mit Freunden in Ain Hayani und Dradeb zu führen. Ich klagte Abdelhouahaïd mein Leid, in der Hoffnung, daß ihm etwas einfiele. Er kam auf eine ganz einfache Lösung. Er nahm die Hündin und packte sie in den Kofferraum des Wagens. So fuhren wir zum Forêt Diplomatique direkt am Strand, wo es ein Restaurant gibt. Es wird von einem Marokkaner geführt, der jede Menge Hunde besaß. Ehe er die Hündin aus dem Kofferraum befreite, wendete Abdelhouahaïd den Mustang, um schneller losfahren zu können. Sie blieb einen Augenblick verwirrt am Strand stehen; dann kamen die anderen Hunde, um sie zu beschnüffeln. Während sie um sie herumstanden, startete Abdelhouahaïd den Motor, und wir flüchteten, aber ich sah sie noch eine gute Weile hinter dem Wagen herrennen, während wir durch die Wälder fuhren. Sie war nicht dumm: sobald sie den Motor hörte, drängte sie sich an den anderen Hunden vorbei und stürzte zum Wagen.

Etwas ist mit den Marokkanern passiert. Vor fünfzig Jahren wurden Hunde verflucht. Nur Leute, die auf dem Land lebten, besaßen welche. Zu schmutzig für die Stadt. Irgendwie bekamen sie mit, daß praktisch alle französischen Frauen mit Hunden an der Leine auf die Straße gingen, und allmählich fingen sie an, es ihnen gleichzutun. Zuerst waren es die kleinen Jungen, die ihre Köter an Seilen herumführten, die sie fest um den Hals der Tiere schnürten. Französische Damen, die vorbeikamen, waren entsetzt. *Mais ce pauvre chien! Tu vas l'étrangler!* Mittlerweile hat jedes marokkanische Kind in einer Nachbarschaft wie der meinen seinen eigenen Hund. Die meisten sind deutsche Schäferhunde: ihre Väter glauben, daß sie besseren Schutz bieten.

Bei den Franzosen weiß man nie, woran man ist. Letzten Monat war ein junger Photograph aus Paris hier, um Aufnahmen für *Libération* zu machen. Das einzige, was ihm Ausrufe des Erstaunens entlocken konnte, war die Größe eines Erdnußbutterglases voller Vogelfutter. Ist das echt? fragte er. Verkaufen sie wirklich so große Gläser Erdnußbutter? Als ich bejahte, schien er mich zu verdächtigen, daß ich ihn auf den Arm nehmen wollte, denn er ging quer durchs Zimmer und studierte es ausgiebig. Fröhliche Weihnachten.

V

Letzte Woche hat mir jemand amerikanische Schokoladenpralinen geschickt. Auf der Verpackung prangt das Wort *Hausgemacht*. Auf der Rückseite derselben Schachtel steht eine Liste der Zutaten für diese hausgemachten Leckerchen, darunter Invertzucker, teilweise gehärtete pflanzliche Öle, Sorbit, Lecithin, butyliertes Hydroxytoluol, butyliertes Hydroxyanisol, Propylgallat, Kaliumsorbat, Schwefeldioxid und Natriumbenzoat. Es scheint unwahrscheinlich, daß selbst der modernste Haushalt über all diese Köstlichkeiten verfügen soll. Obgleich ich seit vielen Jahren keine amerikanische Küche mehr gesehen habe, weiß ich, daß sie immer mehr einem Laboratorium gleichen. Vielleicht haben sie mittlerweile eingebaute Laborschränke, in denen sich alles findet – von Triäthylenglykol bis zu Metoclopramid.

Die Küchen in den Farmhäusern zur Zeit des Ersten Weltkriegs waren kaum ein angenehmerer Aufenthaltsort, wie ich mich erinnere, trotz all der Propaganda, die sie im nachhinein verklärt. Es gab den Geruch nach saurer Milch, Dill und Eisen aus dem Brunnenwasser. An jedem nur möglichen Haken hingen Girlanden von Fliegenpapier, und trotzdem summten die Fliegen überall herum. Wenn es Hunde gab, stanken sie. Wenn es Kinder gab, stanken sie. Es war unglaublich, daß Leute ernsthaft so leben wollten. Was ist los mit ihnen? Nichts. Sie wissen es nur nicht besser, das ist alles. Mit dieser Antwort konnte ich mich nie zufriedengeben. Sie implizierte einen doppelten Maßstab, der es meinen Eltern ermöglichte, über die Unzulänglichkeiten dieser Leute hinwegzusehen. Aber *mir* verziehen sie niemals, daß ich etwas nicht wußte, das ich hätte wissen müssen, und ihre Strenge erklärte sich eben daraus, daß ich nun mal kein Farmerjunge war. Vor siebzig Jahren existierte ein Klassenunterschied zwischen Leuten, die in der Stadt aufwuchsen, und denen, die auf einer Farm großwurden. Heute scheint er kaum noch zu bestehen. Das Konzept von Klassen ist sorgfältig zerstört worden. Entweder man hat Geld, oder man hat keins. Die Folge der Demokratie, nehme ich an, wenn man sie als Ähnlichkeit statt als Gleichheit mißversteht.

Du hast wahrscheinlich das typische kleine Pariser Hotel mittlerer Preisklasse aus den zwanziger Jahren nicht gekannt. (Als Du nach Paris kamst, im Anschluß an den Zweiten Weltkrieg, war schon alles ganz anders.) Es gab nur drei oder vier Zimmer auf jedem Stockwerk, Treppenhäuser und Flure waren mit schweren Teppichen ausgestattet, und die Fenster hinter zwei Garnituren von Vorhängen versteckt. Normalerweise gab es zwei Lampen in jedem Zimmer – eine hing von der Mitte der Zimmerdecke und die andere über dem Kopfende des Bettes. Beide waren mit einem Flaschenzugsystem verbunden, so daß man sie hoch und niedrig stellen konnte, je nachdem, wie man sie gerade brauchte. Die Tapeten waren unweigerlich dunkel mit breiten Streifen in Farben, die früher vielleicht einmal gräßlich waren, obgleich es keine Möglichkeit gab, dies festzustellen, da die Wände längst Patina angesetzt hatten und dunkel geworden waren. Man fühlte sich in diesen Zimmern sofort behaglich und sicher, und ich träume oft von ihnen, selbst heute noch. Solche Träume sind jedoch nicht unbedingt angenehm, da sie stets damit zu enden scheinen, daß ich ausziehen muß, damit jemand anders einziehen kann. Nicht ein Traum oder wenigstens das unterschwellige Gefühl von Angst.

Übrigens hast Du keinen Grund, mir Vorwürfe zu machen, weil ich nicht ausdrücklich auf Deine neueste Jammerei eingegangen bin. Eine solche Reaktion fiele notgedrungen emotional aus, und ich finde, es führt meistens zu nichts, wenn man versucht, Emotionen mit Worten auszudrücken. Ich versichere Dir jedoch, daß ich ein Gefühl aufrichtigen Schmerzes empfand, als ich Deinen Brief las und erkannte, daß Du weitere Qualen leiden mußt; allerdings hatte ich den Eindruck, Dir dieses Gefühl schon vorher mitgeteilt zu haben.

Vielleicht erinnerst Du Dich (wahrscheinlich aber nicht, da Du nie ein Buch aus diesem Jahrhundert anrühren würdest) an einen Satz, den Castor in *La Nausée* sagt: *«Je me survis»* (in der amerikanischen Ausgabe unbeholfen als *«I outlive myself»* übersetzt). Ich verstehe Castors Gefühl, sich selbst überlebt zu haben; es ist nicht unähnlich meinem eigenen, nur daß ich das meine mit dem Satz *«Ma vie est posthume»* ausdrücken würde. Erkennst Du einen Sinn in alledem?

Ich habe mir oft gewünscht, jemand würde das Ende von *Huckleberry Finn* umschreiben und es von den lächerlichen Schlußszenen befreien, die Twain, wahrscheinlich peinlich berührt von dem lyrischen Pathos des fast vollendeten Buchs, notwendig fand, damit amerikanische Leser das Werk würdigen konnten. Es ist der große amerikanische Roman, der auf nicht wiedergutzumachende Weise durch die unsinnige Sabotage seines Autors geschädigt wurde. Ich wäre an Deiner Meinung dazu interessiert, oder findest Du, das Buch lohnt keine Meinung, da ein verpfuschtes Meisterwerk gar nicht erst ein Meisterwerk ist? Doch den Stil erfolgreich nachzuahmen, so daß der Bruch nahtlos verläuft und die nachfolgende Prosa eine überzeugende Fortsetzung des Vorangegangenen ist, erscheint mir als beinahe unlösbare Aufgabe. Deshalb werde ich selbst es nicht versuchen.

Ich glaube, ein Warnzeichen schleichender Senilität ist die Verkürzung der Konzentrationsfähigkeit, die ich als Form eines Rückfalls in die Kindheit empfinde. Wir werden sehen.

VI

Ich habe die wachsende Feindseligkeit, die ich in Deinen Briefen entdecke, unerwähnt gelassen, weil ich annahm, daß sie sich gegen die Welt im allgemeinen richtet und nicht gegen mich. Jetzt sehe ich, wie sehr ich mich getäuscht habe. Erstens bezeichnest Du meine Briefe als anmaßend. Das will ich noch durchgehen lassen, denn es war nur eine Kritik an meiner Methode. Das Wort «hämisch» jedoch kann ich nicht übersehen. Wenn ich darüber nachdenke, wird mir klar, daß ich besser daran getan hätte, meine Korrespondenz auf eine notwendigerweise grausame Postkarte mit guten Wünschen für eine baldige Besserung zu beschränken und es damit hätte gut sein lassen sollen.

Ich habe den Eindruck, daß es in dieser letzten Periode Deines Lebens besser wäre, wenn Du Deine masochistischen Tendenzen nicht noch pflegtest. Ich weiß sehr wohl, daß Du diese Meinung nicht teilst, sondern im Gegenteil entschlossen bist, ihnen auch weiterhin freien Lauf zu lassen. Zu schade. Es gibt offensichtlich nichts, was ich von hier aus für Dich tun könnte, daher kann ich es ebensogut auch lassen. Doch während Du in Dein selbstauferlegtes Nicht-Sein zurücksinkst, wirst Du hoffentlich nicht vergessen (doch diese Hoffnung ist trügerisch), daß ich diesen kleinen und vergeblichen Versuch unternommen habe, um Dir zu helfen, ein Mensch zu bleiben.

Hasta el otro mundo, wie Rosa Lopez zu sagen pflegte.

Paul Bowles im Goldmann Verlag

Gesang der Insekten
Roman
Aus dem Amerikanischen von Pociao
Goldmann-Hardcover 30358
Goldmann-Taschenbuch 9782

Mitternachtsmesse
Erzählungen
Aus dem Amerikanischen von Pociao
Goldmann-Hardcover 30382

Eisfelder
Erzählungen
Aus dem Amerikanischen von Pociao
Goldmann-Hardcover 30399

Rastlos
Erinnerungen eines Nomaden
Aus dem Amerikanischen von Pociao
Goldmann-Hardcover 30396

So mag er fallen
Roman
Aus dem Amerikanischen von Maria Wolff
Goldmann-Taschenbuch 9081

Das Haus der Spinne
Roman
Aus dem Amerikanischen von F. R. Wendhousen
Goldmann-Taschenbuch 9120

Die Stunden nach Mittag
Marokkanische Erzählungen
Aus dem Amerikanischen von Pociao
Goldmann-Taschenbuch 9398

Mohammed Mrabet
M'hashish. Geschichten aus Marokko
Aufgezeichnet von Paul Bowles
Aus dem Amerikanischen von Carl Weissner
Goldmann-Taschenbuch 9293

Weitere Titel in Vorbereitung.